Arne Berggren

Der Schweiger

Arne Berggren

Der Schweiger
Geschichte eines Todschlags

Aus dem
Norwegischen
übersetzt
von
Senta Kapoun

KERLE
Freiburg
Wien
Basel

Titel der norwegischen Originalausgabe:
Stillemannen
– historien om et drap
erschienen im Verlag Aschehoug & Co (W. Nygaard), Oslo

Die Schreibweise entspricht
den neuen Rechtschreibregeln

Printed in Germany
Umschlaggestaltung: Per-Henrik Gürth, Toronto
Satz: Style of the Arts GmbH, Heitersheim
Herstellung: Freiburger Graphische Betriebe 1997

ISBN 3-451-70213-4

Mehr als tausend Tage danach. Ich kann ihre Blicke immer noch fühlen. Sie starren mich an - und ich versuche, sie nicht auch anzustarren - den weißen und todernsten Gesichtern nicht direkt in die Augen zu starren.

Ich sehe das Ganze jetzt als Außenstehender. Sehe mich selbst da sitzen und denken, dass das alles nicht mir gilt. Denken, was in den Zeitungen gestanden hat - denken, es ist gar nicht so seltsam, dass sie mich anstarren. Als ich durch den Hintereingang hineingeführt wurde, sah ich die lange Menschenschlange, sah das Gedränge um einen Platz in dem kleinen Saal. All diese Gesichter.

Jetzt stehen die Menschen auf, der Richter kommt herein, die Leute setzen sich wieder, scharren mit den Stühlen. Ein Uniformierter macht sich am Projektor zu schaffen. Sie wollen Dias zeigen. Dokumentation. Reproduktion - sie haben mir gesagt, wie es ablaufen wird. Sie haben mir gesagt, wie ich mich zu verhalten habe und wie ich es empfinden werde. Sie haben mir gesagt, das Schlimmste für mich werde sein, das alles in aller Öffentlichkeit noch einmal zu erleben. Dann wird es leichter, behaupten sie. Dann kann ich endlich mit der schwierigen Arbeit beginnen, das Ganze so gut wie möglich hinter mich zu bringen.

Jemand dämpft das Licht. Räuspern. Ein paar Journalisten verrücken ihre Stühle, um besser sehen zu können. Der Uniformierte hat das erste Dia eingelegt. Ich habe es schon vorher gesehen - habe alles vorher gesehen. Das erste zeigt einen Jungen. Er ist sechzehn, ein Jahr älter als ich. Er heißt

Martin. Das nächste Dia zeigt ein Mädchen. Gleiches Alter. Sie heißt Miriam. Der Name ist wie ein Lied, denke ich, aber ich bringe es in mir nicht so zum Klingen – wie damals, als ich ihn zum ersten Mal hörte. Miriam. Miriam mit einer kleinen Stupsnase, Sommersprossen, und das Haar im Nacken zu einem Rossschwanz gebunden. Miriam.

Neues Bild. Ferienstimmung. Junge. Fünfzehn Jahre alt. Dunkelblonde Haare, Pickel auf Stirn und Kinn, versucht in die Kamera zu lächeln, allerdings etwas mürrisch. Ich kenne ihn nicht mehr. Es ist wie in einem früheren Traum, den man vergessen zu haben glaubt und an den man sich plötzlich erinnert.

Der Junge auf dem Bild bin ich. Ich bin ein Traum. Die Menschen starren mich an. Lautlos. Stumm. Es ist jetzt still in dem kleinen Saal.

Mehr als tausend Tage später kann ich immer noch hören, wie still es ist. Eine Stille, schlimmer als das schlimmste Geräusch. Nur das Brausen der Welt vor den Fenstern irgendwo. Einer anderen Welt. Nicht meiner Welt. Selbst jetzt nicht, so lange danach.

Cowboys und Indianer

Es sollte der letzte Sommer sein. Als hätten wir gewusst, dass die Dinge von jetzt an anders sein würden, so viele neue Dinge vor uns. Der letzte Sommer, wir bekamen dauernd zu hören, dass wir langsam erwachsen wurden. Konfirmationsunterricht, Wahl der weiterführenden Schule, einige wollten im Herbst ins Ausland. Alle hatten Pläne. Für mich sollte es der letzte Sommer in dem großen weißen Haus am Strand werden. Vater gab es nicht mehr, das Haus würden andere übernehmen. Mutter sprach von einer Reise zu einer Tante in Steinkjer nächsten Sommer, und es klang fast verlockend. Die alte Tante Mumma, keine Zähne mehr im Mund, abstehende Haare auf dem fleckigen Kopf, der ununterbrochen wackelte, wie es die Köpfe alter Menschen aus irgendeinem Grund eben tun. Mutter machte es so gut sie konnte.

Der letze Sommer. Das Ende von etwas.

Als ich klein war, zeigte man mir eine Luftaufnahme der Insel, das weiße alte Haus wie ein kleiner Punkt am Ende des Strandes wahrnehmbar. Und durch ein Vergrößerungsglas sah ich Boote im Sund und Leute, die sich dort auf den kleinen Inseln sonnten. Die Vengenbrücke war kleiner als ein Finger, diese große alte Hängebrücke, die uns vom Festland hinüber in das führte, was *Der Sommer* war, wo die Eltern keine Armbanduhr mehr brauchten, wo man beim Duft von gebratenem Speck spät aufstand, am Barometer herumklopfte, und wo es den alten Außenabort gab, in dem es am Abend im Kübel zu rascheln schien. Vrengen! Wer von uns die Brücke als Erster erblickte, wenn wir am ersten Ferientag Richtung Sund um die Biegung fuhren, der bekam ein großes Eis mit Erdbeeren. – Neunzehnhundertzweiunddreißig, Vrengenbrücke, Alles freu sich!, riefen Mutter, Vater und ich Jahr für Jahr im Chor. Also gab es Eis für alle drei.

Die Brücke zur Sommerinsel brachte mich hinüber zu etwas Größerem, zu etwas, das seit dem Vorjahr in der Luft gelegen hatte, als fingen alle Dinge überhaupt erst am Mittsommerabend an, als wären Herbst, Winter und Frühling nur eine Art Trockentraining für das, was bevorstand.

Vater war immer sehr daran gelegen, die Sommer in dem weißen Schifferhaus nicht als selbstverständlich anzusehen. Das war so seine Art. Man sollte nichts für gegeben halten, sich aber über jeden Tag freuen und leben, als wäre jede Stunde die letzte. „Wenn ich dann noch lebe“, fügte er jedes Mal hinzu, wenn von irgendetwas Zukünftigem die Rede war. „Wenn ich zu Weihnachten lebe, wenn ich bis zum Sommer lebe, wenn ich Ostern noch erleben darf.“ Immer ein Wenn, jedoch mit einem kleinen Lächeln in den Mundwinkeln. „Wenn ihr mich nicht vorher umgebracht habt.“ Hoher Blutdruck, Herzbeschwerden und Schlafprobleme. Angina pectoris, blutverdünnende Mittel, Nitroglycerin – ein Haufen Tabletten, die nie eingenommen wurden – trotz Stechens in der Brust und Atembeschwerden. „Zum Arzt wegen solcher Kleinigkeiten? Was für ein Unsinn, nein, gönnt mir nur ein bisschen Ruhe und Verständnis, dann lebe ich vielleicht zu Weihnachten noch.“ Er hat seine Kerze an beiden Enden gleichzeitig angebrannt, sagten die Leute nach der Beerdigung und gaben uns mit ernstem Gesicht die Hand, mitfühlend. Jetzt bist du der Chef im Haus, sagten sie zu mir. Es klang nicht, als meinten sie es auch.

In den Ferien kam eines Tages einer von Vaters alten Freunden zu Besuch – zum ersten Mal nach einem Jahr, wir hatten ihn seit der Beerdigung nicht mehr gesehen. Hallo und nein so was und komm rein, sagt Mutter, möchtest du ein Gläschen? Wir sitzen auf der Terrasse zum See – Gelächter und alte Geschichten, die jeder schon tausendmal gehört hat. Mutter versucht aufzuwarten so gut sie kann, den Ton aus alten Tagen zu finden. Neues Gelächter, neue Geschichten und Gerede, bevor der Gast aufsteht und nach Hause muss zur Familie, es gibt abends Fisch. Ja, ich muss wohl weiter, aber da war noch etwas, was ich sagen wollte, ja, es ist nämlich so, dass – ich weiß nicht recht wieso – aber da war doch dieser Pfandbrief, eine Hypothek, die er hatte, ja, und jetzt...

Geld. Ich verschloss die Ohren. Immer wieder etwas mit Geld. Ich wusste, wusste auch nicht. Etwas hatte diese Hypothek mit dem alten Schifferhaus zu tun. Mutter war den Rest des Abends schweigsam, sagte nichts, und ich versuchte zu tun, als hätten wir keine Probleme.

Drei Tage später bekamen wir Besuch von einem Schätzmeister, einem älteren Mann mit Beulen im Gesicht und einem Furunkel im Nacken. Schnüffelte in dem alten Haus überall herum und jammerte und klagte dabei ununterbrochen über die Zustände in unserer Welt. Tags darauf kam ein Häusermakler und zwei Tage später der erste Interessent.

Der letzte Sommer – das Ende von etwas. Selbst die alte Brücke sollte abgerissen werden. Die Brücke, die mich hinüberführte in dieses besondere Reich mit anderen Gerüchen, anderen Geräuschen, anderen Gesichtern, anderen Geschichten. Die Zeit war der Vengenbrücke davongelaufen – neunzehnhundertzweiunddreißig, keiner freut sich – ein neuer seelenloser Betonkoloss wuchs langsam aus dem Wasser empor, und bald war es uns ein Rätsel, wie wir es überhaupt hatten wagen können, über diese alte Hängebrücke zu fahren. Auf der neuen Brücke gab es breite Fahrbahnen in beiden Richtungen, an beiden Seiten Fußgängerwege, schwarz schimmernden Asphalt mit gelben Markierungen und genügend Platz für alle. Die Autofahrer brauchten keinen niedrigeren Gang mehr einzulegen, brauchten nicht mehr zu befürchten, dass aus der anderen Fahrtrichtung ein Wagen entgegenkäme. Die neue Brücke war keine richtige Brücke mehr – nur ein Stück Schnellstraße einfach so durch die Luft. Vollgas auf der ganzen Strecke. Das Ende von etwas.

Der Sommer, das war eine Insel mit einer anderen Zeitrechnung, einem anderen Rhythmus, ganz anderen Regeln und anderen Freunden. Zusammen waren wir Cowboys, die Einheimischen waren Indianer - undurchsichtige Typen, die eigenartig sprachen, rohen Fisch aßen, an ihren verschorften Knien herumpulten und Feuerzeuge besaßen. Sie wohnten ihr Leben lang am selben Ort, bis sie dick und grau wurden und das Wetter voraussagen konnten. Die Frauen trugen karierte Kopftücher und schenkten Pfeife rauchenden Männern, die vom Krieg sprachen, Kaffee aus Thermoskannen ein. Mit der Zeit entdeckten wir, dass hier auch Mädchen wohnten, aber sie quietschten und kreischten, tuschelten, tratschten, heulten und kratzten, also war es im Großen und Ganzen besser, für sich zu bleiben. Im Großen und Ganzen.

Meine erste Erinnerung an sie: ein Regentag. Vor fast zehn Jahren. Ich bin sechs Jahre alt. Ich sitze in meinem Dachzimmer mit den schrägen Wänden und höre das Regenwasser gegen die Scheiben prasseln und durch die Dachrinne glucksen. Solche Tage habe ich besonders gern. In einem anderen Raum spielt ein Radio, Vater ist zu einem Nachbarn gegangen und Mutter werkt in der Küche, manchmal klingt es, als würde sie singen, das habe ich bisher noch nie gehört. Es riecht immer noch nach gebratenen Eiern und Schinken vom Frühstück, vermischt mit dem Rauch von Vaters erster Morgenzigarette. Ich lege das Ohr an die Wand und höre das Radio deutlicher, aber die Wand ist kalt. Also gehe ich nach unten, hole mir Regenjacke und Südwester. Mutter fragt, ob ich bei diesem schlechten Wetter wirklich ins Freie will, und ich nicke und verschwinde durch die Tür, schlendre den Strand entlang, wo der Regen Sand und Erde in die Bucht spült und das Wasser höher steht als gewöhnlich.

Ein Mädchen meines Alters geht durchs seichte Wasser. Ihre Gummistiefel stehen auf dem Bootssteg und sie hat keine Regenjacke an. Ihre Haare sind lang und hell und nass und kraus. Sie lutscht an einer ihrer Locken.

„Ich heiße Miriam, läufst du mit mir durchs Wasser?", fragt sie und ich weiß nicht recht, was ich antworten soll. Denke, ihr Name ist wie ein Lied. Miriam. Miri-witt-pim-parian.

„Warum hast du denn die Gummistiefel ausgezogen?", frage ich.

„Ich brauch doch keine trockenen Beine, wenn ich sonst überall nass bin", lacht sie und ich glaube, ich mag sie.

„Wohnst du hier?", frage ich.

„Und du, du bist ein Badegast", sagt sie nur. „Bildet euch nur nicht ein, dass ich euch nicht beobachtet habe. Durch die Hecke, mein Bruder sagt, ihr glaubt, dass euch die ganze Welt gehört, verdammte Badegäste, das sagt er. Mein Vater ist auf See, ist zwei Jahre nicht zu Hause gewesen, wahrscheinlich in Afrika oder so."

„Afrika?", sage ich.

„Ja, du weißt vielleicht nicht einmal, wo Afrika liegt? Der Schweiger ist auch dort gewesen, hundertmal, mindestens."

„Der Schweiger?“

„Ja, Samuelsen eben“, sagt sie und zeigt auf die kleine rote Hütte am Strand. „Sagt fast nie was, redet nur, wenn er betrunken ist. Ist sogar schon im Gefängnis gewesen.“

Sie steckt ihre nassen Beine in die Gummistiefel, die Strümpfe in die Tasche und geht den Kiesweg entlang. „Wenn du mitkommst, zeige ich dir ein Geheimversteck, wo es schön trocken ist“, ruft sie.

Ich gehe ihr nach, den Strand entlang, über ein paar kahle Felsen, und als sie einen Pfad einschlägt, der in den Wald führt, muss ich laufen, um sie nicht aus den Augen zu verlieren.

Wir klettern auf eine mit Kiefern bewachsene felsige Anhöhe. Von hier aus können wir den Fjord in allen Richtungen bis ganz hinaus aufs Meer überblicken, wo die Wolken verschwinden. Der Horizont ist rund und grau und ein Schiff dampft, wohl auf dem Weg nach Dänemark, langsam dahin. Wir sehen, wie das Wasser draußen gegen Stauper hin weiß über die seichten Gründe schäumt, und ich sehe darüber die Möwen fliegen. Aus dem Schornstein des Hauses unten am Strand steigt Rauch auf.

„Früher einmal ist das Wasser bis hier oben hin gegangen“, sagt sie. Dann deutet sie auf ein gelbes Haus an der Hauptstraße. „Dort unten wohne ich.“

Ich hatte dieses gelbe Haus schon viele Male gesehen, aber nie gewusst, wer darin wohnt.

„Komm“, sagt sie, und wir klettern zwischen Felsen nach unten, wo zwei niedrige Kiefern zu einer Art Dach zusammengewachsen sind.

„Möchtest du mich nackt sehen?“, fragt sie unvermittelt, und ich weiß nicht, was ich sagen soll, nicke nur. Da zieht sie sich die Strickjacke aus und ich merke, dass sie eine Gänsehaut hat. Sie sieht aus wie ein Junge.

„Bist du sicher, dass du nicht frierst?“, murmle ich, aber sie ist schon dabei, sich aus dem nassen Shirt und dem Unterhöschen zu schälen und beides an einen der Bäume zu hängen.

„Ist es das erste Mal, dass du ein Mädchen splitternackt siehst?“, fragt sie.

„Eigentlich nicht“, lüge ich.

„Sag's, wenn ich mich drehen soll oder so“, und ich nicke wieder. Sie dreht sich langsam immer im Kreis, während ich den kleinen seltsamen Körper betrachte, der ein wenig anders ist als meiner. Dann hockt sie sich hin und pullert auf die Erde und wir lachen, als die Bächlein nach allen Seiten fließen und sich mit dem Regenwasser vereinen.

„Schweig“, sagte Vater, als ich von Samuelsen erzählte. „Er ist nur ein alter Sonderling und sonst nichts.“

Ich habe also keine Angst vor dem Schweiger. Eigentlich keine Angst. Denn mein Vater kennt Samuelsen ein wenig, und manchmal pocht es abends leise an die Hintertür unsres Hauses. Dann sieht Mutter meinen Vater an, und Vater sieht ein wenig verlegen aus. Denn wir wissen ja, wer da klopft.

Samuelsen kommt wie eine Katze am Abend, schleicht mit der glimmenden Zigarette ums Haus – wie ein Glühwürmchen in der Nacht. Vater erhebt sich und schließt die Zimmertür hinter sich; wir hören ihn die Haustür öffnen und von draußen ein Murmeln. „Bin gleich wieder da“, ruft Vater, und wir hören die Haustür zufallen und Schritte an den Fenstern vorbei.

„Samuelsen lebt in seiner eigenen kleinen Welt“, sagt Mutter dann immer, und ich weiß, dass in Samuelsens Welt nicht besonders viel los sein kann. Denn Samuelsen wohnt meistens in einem kleinen roten Holzhaus am Strand, einer Hütte, in der Samuelsen früher nur seine Fischernetze aufbewahrte, aber dann erhielt das Häuschen einen Schornstein und kleine Fenster, und dann wohnte plötzlich Samuelsen zusammen mit seinen Fischernetzen und einem Haufen anderer Sachen dort, die ich einmal sehen konnte, als ich Samuelsens Welt besuchen durfte. „Jetzt wird der Schornstein bald einen anderen Klang haben“, sagte Samuelsen mehrere Male zu meinem Vater, als ich dabei war, aber ich konnte eigentlich gar keinen Klang in dem Schornstein hören, und das war vielleicht gar nicht so merkwürdig, denn Samuelsen hatte nicht einmal Holz im Ofen. War ja auch nicht nötig, denn es war mitten im Sommer. Aber nach und nach begriff ich, dass der andere Klang im Schornstein etwas mit Samuelsens Frau zu tun hatte. Die habe ich nie gesehen, aber sie sitzt wohl oben in einem großen weißen Haus über der Hauptstraße und sieht so ähnlich aus wie das Ding, das meine Mutter verwendet, wenn sie Möhren reibt. Diese Frau Samuelsen glaubt wohl gewaltig an Gott und hält vermutlich nicht viel von den braunen Flaschen, die bei Samuelsen überall herumstehen und die er ab und zu in Plastikbeuteln und Kartons mit dem Taxi holt. Samuelsen hat dann ein Tuch um den Hals und bleibt mehrere Tage aus. Ist wohl in Tönsberg, heißt es, wenn er auf diese Weise verschwindet. Es gibt zwei Samuelsens, sagt Mutter. Ich glaube, der eine Samuelsen ist der, der in dunkler Nacht ums Haus schleicht und sich meinen Vater holt. Jener Samuelsen, den man fast nie sieht, wenn draußen die Sonne scheint und viele Menschen am Strand sind. Es ist der, den sie den Schweiger nennen. Wenn er vorbeihastet und niemanden kennen will, weil die ganze Welt ihm nur lästig ist.

Und dann ist da der andere Samuelsen. Der, der im Taxi hinunter zum Strand fährt und singt, während er den Fahrer entlohnt. Samuelsen, der in jeder Hand graue Tüten hat und der lacht und winkt. Jener Samuelsen, der den Kindern Silbermünzen in die Hand drückt und der sagt, wir sollen uns noch vor Sonnenuntergang Eis dafür kaufen, sonst wird das ganze Geld zu Staub. Und wir lachen über diesen anderen Samuelsen und wissen genau, dass er scherzt, aber warum eigentlich nicht dieses Geld ausgeben, ehe wir es verlieren. Nein, ich habe keine Angst vor dem Schweiger.

Zeitlupe. Er sieht mich an, als glaubte er nicht, was mit ihm geschieht. Ängstlich, bittend, verwirrt. Alles gleichzeitig. Langsame Bilder. Wir - er und ich - in diese Sekunden eingeritzt, die uns verbinden - die uns voneinander trennen. Zweifelnde Augen, ängstliche Augen. Augen, die sich gleitend schließen.

Das Weiße - nur das Weiße. Öffnet die Augen langsam, während der Körper aussieht, als hebe er von selbst vom Boden ab. Hintenüber.

Die See ist ganz ruhig, es sind diesige Ferien mit Schnecken im Sund und schläfrigen Vätern, die sich gegenseitig alte Außenbordmotoren leihen und dabei an Pfeifen nuckeln, die nur selten in Brand gesteckt werden. Es ist Juni, fast dreißig Grad im Schatten, und ich bin eben erst fünfzehn geworden. Lars, Agnar und ich kreuzen im Boot von Arnes Vater gemächlich mitten im Fjord.

„Donnerwetter, was für ein Busen", ruft Lars und drückt das Auge fest an sein Fernrohr. „Lass das Boot nicht so schaukeln, du Heini!"

Ich reiße den Gucker an mich, Lars zeigt in eine bestimmte Richtung und jetzt sehe ich es auch. Drüben an Land, auf der Veranda eines Sommerhauses – drei Mädchen sonnen sich oben ohne, sie bewegen sich, die eine cremt sich ein, sie sind echt lebendig – einfach stark.

„Bald fertig?" Agnar ist ganz süchtig auf das Fernrohr.

Dann kommt Lars wieder dran und ich und Agnar – und so geht es fast eine Viertelstunde reihum mit der Glotzerei, bis Agnar sagt „aus der Traum" und den Gucker fast heimlich im Boot verschwinden lässt. Ein Mann ist auf die Veranda gekommen. Ein Mann mit Feldstecher. Agnar hat schon geortet, wo die Hütte des Großonkels liegt. Also kreuzen wir ruhig weiter, während Agnar das Batterieradio mit beiden Händen festhält und die Antenne über dem Wasser herumschwingt. Wir nehmen an, es soll aussehen, als würde er fischen.

Es waren immer wir drei. Agnar, Lars und ich. Wir waren recht verschieden, aber eins von den Dingen, die uns verbanden, war unsere Einstellung zu Mädchen. Keiner von uns war besonders selbstsicher, keiner von uns war besonders schlagfertig, wenn es drauf ankam, und wir wurden einer wie der andere puterrot, wenn es alles andere als angebracht war. Klar hatten wir ein flottes Mundwerk, gaben Sachen von uns, über die Mädchen grinsten und lachten, aber das, was man einem Mädchen eigentlich sagen sollte, Dinge wie „in diesem Kleid siehst du ganz toll aus, Nina", „wie nennst du eigentlich die Farbe deiner Augen, Lise" oder auch nur „Charlotte, wollen wir tanzen?" – solche Floskeln waren uns allen dreien absolut fremd. Aber wir hatten dennoch den Sinn des Lebens erkannt, und was wir nicht wussten, eigneten wir uns durch das Lesen und Betrachten verschiedenster fleckiger und abgegriffener Zeitschriften an, die wir unerlaubterweise unter der Matratze irgendwelcher großer Brüder hervorholten. Frauen gehörten irgendwie zur Tagesordnung.

Es ging nicht mehr nur ums Fischen, um Außenbordmotoren und Mopeds. Die Welt drehte sich mehr und mehr um diese seltsamen Geschöpfe, über die wir stundenlang reden konnten; diese Mädchen, die sich von mageren kratzenden Ungeheuern zu Wesen mit den schönsten Konturen mit wunderbaren Kurven gewandelt hatten – zu sommersprossigen Gesichtern mit Mandelaugen, die einen anlächelten, dass man fast verbrannte. Süße Körper in winzigen Bikinis, braune Haut, sonnengebleichtes Haar – weiche Wunderdinge, die unter viel zu dünnen T-Shirts sanft wogten, T-Shirts, die fast durchsichtig werden konnten, wenn wir das Boot quer zu den Wellen steuerten, dass das Salzwasser übers Dollbord spritzte und diese Geschöpfe klatschnass machte.

Im Lauf des Sommers wurden wir zu einer Gang aus lauter Gleichaltrigen. Wir hatten die Mädchen entdeckt, die Mädchen hatten uns entdeckt, die Mädchen hatten Freundinnen, wir hatten noch andere Freunde auf der Insel, manche hatten gemeinsame Bekannte, und vielleicht wusste jemand sogar etwas von einer Party. Großartig. Wir wuschen uns die Haare im Brunnenwasser und drückten uns die Pickel an Kinn und Hals aus, auch wenn wir wussten, genau diesen Pickel sollte man eigentlich in Ruhe lassen und nur ein diskretes kleines Pflaster draufkleben und abwarten, bis er reif wurde. Trotzdem drückte man an diesem Teufelswerk herum und das Ergebnis war zunächst ein wässrigblutiges kleines Rinnsal und schließlich ein rot leuchtendes dickes Etwas, das nicht einmal ein Verband hätte verdecken können.

Dann trafen wir uns vielleicht unten an den Anlegebrücken, machten uns in Booten zu einer kleinen oder größeren Insel auf – immer war ein Junge mit einer Gitarre dabei, aber zum Glück auch jemand mit einem Kassettenrekorder und haufenweise Batterien. Jemand hatte vielleicht etwas Essbares gezaubert und in einem Korb mitgebracht, und vielleicht wurde sogar noch die eine oder andere Flasche Bier gut gekühlt aus dem Wasser gefischt. Und wenn jemand mir eine solche Flasche ins Gesicht steckte, sagte ich gern ‚ja bitte', um danach festzustellen, dass mir schlagfertige Antworten leichter über die Lippen kamen. Und wenn sie kamen, saß ich gern neben Kristin, drängelte mich an sie, spielte mich auf, schnupperte vielleicht an ihrem Haar, behauptete, dass es nach Äpfeln roch. Kichern. Kristin und ich. Es lief oft genug in dieser Art.

Großartig, wie gesagt – einfach verdammt großartig, wenn ich es genau überlege.

Aber dann kam Martin...

Er stand eines Tages einfach auf der Anlegebrücke, als wir, Lars, Agnar und ich, von einer Fahrt im offenen Meer zurückkamen. Er war lang und dünn, hatte wellige, leicht rötliche Haare, seine Jeans waren etwas zerrissener als die, in denen unsre Eltern uns gerade noch hätten laufen lassen, ums Handgelenk trug er ein paar Lederriemchen und auf seiner Nase saß eine kleine runde Sonnenbrille.

„Aha", sagte er und sah uns ohne jegliches Interesse an.

„Hä", machte Agnar.

„Martin heiße ich", sagte er nur. „Soll ich deinen Reiskocher auffrisieren?"

„Reiskocher?", sagte Agnar.

„Deinen Motor. Yamaha, Japsmotor, Reiskocher."

Wir lachten. Verdammt witzig. Reiskocher!

„Soll ich ihn trimmen?", wiederholte Martin und sprang an Bord. „Sieh mal, erst musst du ihn mal richtig tilten, dass du ihn auf die richtige Ebene kriegst, ist ja verdammt noch mal kein Unterseeboot."

Er hing geschäftig über dem Achterdeck des Bootes und redete und erklärte in einer Tour. Wir hörten ihn schrauben, Bolzen bewegen und Vergleiche anstellen. Dann nahm er die Abdeckung vom Motor, schraubte die Zündkerzen heraus und hielt sie ins Licht – pustete an ihnen herum, klopfte eine am Dollbord ab und setzte dann alle wieder ein. Filter raus, Riemen überprüft. Entdeckte Ölflecke unter Deck – schraubte und werkte.

„So, das war's dann", sagte Martin. „Willst du ihn vielleicht drei, vier Knoten mehr laufen lassen, probieren wir's mal?"

Dann fuhren wir alle zusammen in den Sund hinaus, stellten uns vorn ins Boot, um in die richtige Lage zu kommen, und weiß der Deibel – das Boot lief schneller als vorher. Agnar heulte auf.

Wir hatten einen neuen Freund bekommen.

Ein Mann in schwarzem Mantel erhebt sich. Er sieht zerstreut auf einen vor ihm liegenden Stoß Papiere herunter, trinkt ein paar Schlucke Wasser aus dem Glas, das ein Beamter ihm hingestellt hat, nimmt die Brille ab, legt den Zeigefinger ans Kinn, überblickt den Saal und ist ernst und nachdenklich in einem. Er räuspert sich.

„Wir werden in diesem Saal ein Drama noch einmal erleben", beginnt er, während die Journalisten den Atem anhalten. Mir ist gesagt worden, dass die Pressefotografen, Journalisten und Zeichner die ganze Zeit anwesend sein werden, dasitzen und mich anstarren werden, ob es Reaktionen oder Mienenspiele bei mir gibt, die etwas über mich verraten. Menschen auf der Jagd nach etwas, das sie auf der ersten Seite bringen können, etwas, das den Verkauf der Zeitung garantiert, etwas, das die von den anderen Zeitungen nicht bemerkt haben, eine winzige Kleinigkeit, die bis zur Verzerrung der Tatsachen zum Äußersten aufgebauscht für marktschreierische Schlagzeilen hergenommen werden kann.

„Ein Drama, in das drei junge Menschen verstrickt sind. Ich sage junge Menschen und nicht Jugendliche, sitzen wir hier doch von Angesicht zu Angesicht einem Täter gegenüber, der sich im Gegensatz zu einem, der noch als Jugendlicher bezeichnet werden könnte, der Konsequenzen seiner Handlungsweise voll bewusst sein sollte, für die er jetzt geradestehen muss. Hohes Gericht, wir werden das Drama dreier junger, noch nicht ganz volljähriger Menschen ein zweites Mal erleben. Wir werden ein Drama aufs Neue erleben, in dem Liebe und Hass die Antriebskräfte sind und in dem der Angeklagte noch einmal die Situation nachvollzieht, aus der heraus er vorsätzlich zwei andere Menschen kaltblütig umgebracht hat.“

„Schnallst du nicht, dass diese Lady einfach ‘ne Sahneschnitte ist?“ Martin sieht mich an.

„Pfff“, mache ich und lache es weg.

„Du und Kristin, das merkt doch jeder.“

„Hääa, Kristin?“, sage ich und komme mir wie ein Idiot vor.

„Jedes Mal, wenn du einen Schluck Pils inhaliert hast, was passiert da, wenn ich fragen darf? Ja, ja, verschlingt euch gegenseitig fast mit Blicken, habt aber keinen Mumm, euch auch mal in den Arm zu nehmen. Ich sag’ dir was, noch bevor die Ferien um sind, hat die dich auf dem Laken.“

„Laken?“

„Na entspann dich und hör mir jetzt mal zu, bin vielleicht bisschen älter als du, oder? Benimm dich wie ‘n Erwachsener und grins ihr nicht nur einfach im Finstern draußen am Strand in die Frisur.“

„Na tu ich das etwa?“

„Seh’s ja. Und jetzt hör mir zu.“

Martin setzte einen neuen Standard, stellte neue Regeln auf. Er war nicht nur ein Jahr älter, sondern er hatte auch mehr erlebt als die ganze Bande zusammen. Hatte mehrere Jahre in den USA gelebt, konnte Deutsch, fuhr Auto – hatte den Schein in den Staaten gemacht – und das mit den Frauen hatte er schon x-mal probiert. Gab nicht einmal damit an, es war einfach so. Martin war nicht der Typ, der gebrauchte Kondome vorwies und zerfledderte Pornohefte. Nein, er war mehr der galante erwachsene Typ. Hatte immer das letzte Wort, hofierte die Mädchen, schmierte sie mit Sonnencreme ein, beschaffte ihnen saubere Gläser, wenn wir draußen auf den Inseln waren, schenkte Bier ein, sprach über Bücher – Martin war immer Mittelpunkt, aber deswegen noch lange kein Macho, großzügig wie nur etwas, und ständig musste er andern etwas beibringen.

„Morgen gehst du rauf zu Kristin, allein – nicht mit dem ganzen Schwarm Kinder, die du sonst den ganzen Tag um dich hast – klopfst an, begrüßt ihre Eltern, schaust ihnen lächelnd in die Augen, wirst gebeten, dich zu setzen, ‚wie reizend', sagt die Mutter und fragt, ob du gern etwas trinken möchtest, und du sagst dann ‚nur, wenn es keine Umstände macht'. Und wenn du die Wahl zwischen Tee und Kaffee hast, wählst du Tee, dann hast du die Mutter auf deiner Seite. Dann rufen sie nach Kristin und sagen Kristin, du hast Besuch von einem Verehrer oder einen ähnlichen Schwachsinn, und dabei wirst du, verdammt nochmal, bitte nicht rot, sondern siehst Kristin tief in die Augen, wenn sie sagt, ach du bist's. Dann trinkst du das Teegesöff und fragst, ob sie auf einen Spaziergang mitkommen möchte oder so was."

„Spaziergang?"

„Ja, und dann sprichst du mit ihr nett und gesittet über die Schule und die Natur und irgendetwas, das du gelesen hast, und blamierst dich bitte nicht wie üblich mit deinen miesen Witzen."

„Und dann?"

„Dann bringst du sie nach einiger Zeit nach Hause, und das war's dann schon. Wie's weitergeht, wird sich weisen."

Die Sonne spiegelte sich im Glas der großen Verandatür, so dass ich nicht sehen konnte, ob dahinter im Zimmer Menschen saßen. Ich klopfte leise an, meinte etwas zu hören, schirmte die Augen mit der Hand ab und lugte durch die Scheibe. Niemand kam und so klopfte ich etwas fester. Jetzt hörte ich von drinnen jemanden rufen, ich öffnete die Tür und sah in einen kleinen Raum. Sie waren alle da, Vater, Mutter, Großmutter, Brüder, jemand, den ich nicht kannte, und Kristin. Sie schauten mich an, erstaunt.

„Wir dachten schon, du drückst die Scheibe ein", sagte der Vater. Alle lachten.

„Komm nur herein", sagte die Mutter, und ich tapste über die Schwelle.

„Aha", sagte der Vater. „Einer von deinen Kumpels hier draußen, Kristin, und wie betucht ist die Familie? Hast du dich schon erkundigt? Hmhm."

Jetzt lachten sie wieder alle, hihi, haha und hoho. Ich merkte, wie mir im Gesicht heiß wurde.

„Jetzt lass den armen Kerl doch nicht bis zum Schmelzpunkt stehen, nimm ihn mit raus, Kristin, sicher ist er nicht wegen uns Oldies gekommen."

Wir gingen schwatzend die Hauptstraße entlang. Es wurde nicht ganz so, wie Martin es ausgemalt hatte, aber es funktionierte irgendwie. Zum ersten Mal sprach ich auf eigene Faust mit einem Mädchen, nachdem ich selbst die Initiative ergriffen hatte. Wir trabten Richtung Campingplatz die

Landstraße entlang, es gab irgendwie kein anderes mögliches Ziel als den Campingplatz, und wenn Autos vorbeifuhren, wichen wir in den Straßengraben aus, wo es so eng war, dass wir dicht nebeneinander gehen mussten.

„Das müsste hier Fußgängerzone sein", sagte Kristin.

„Ja, oder zumindest ein eigener Weg für die Fußgänger", sagte ich.

Dann kauften wir Eis, saßen auf einem Bootssteg und quatschten noch mehr Blödsinn, und dann brachte ich sie heim. Mach's gut, sagte sie, und du auch, sagte ich, und Mahlzeit, wir sehen uns später. Das Ganze war irgendwie unwirklich, wirkte aber wie echt.

Er streckt mir die Hände entgegen, fast bittend, als versuchte er, mich zu erreichen, während er hintenüber fällt und wir beide wissen, dass eine Grenze überschritten ist, nichts gilt mehr, und ich weiß, das, was ich sehe, werde ich niemals wieder vergessen können. Er öffnet den Mund, um etwas zu sagen, aber im selben Augenblick trifft sein Hinterkopf auf den Fußboden auf. Er versucht sich zu erheben, aber es rinnt etwas aus seinem Mund und jetzt weiß ich, er ist für immer fort. Der Stillschweiger, denke ich, jetzt bin ich der Schweiger.

Als ich klein war, kannte ich auf der Insel nicht viele Gleichaltrige. Einer, mit dem ich oft unterwegs war, war ein merkwürdiger und etwas finsterer Typ, der allgemein Reka genannt wurde. Er war zwei Köpfe größer als andere in seinem Alter, auch größer als ich, obwohl ich drei Jahre älter war als er. Er hatte lange Haare, eine dicke Hornbrille und riesige Ohren.

Reka war einer von den Einheimischen, ein undurchsichtiger und unberechenbarer Typ auch für mich, obwohl ich unter den Sommergästen derjenige war, der sich am ehesten als Freund betrachten durfte. Eines Tages spielten wir zusammen am Strand. Wir liefen durchs Wasser und fischten kleine Krabben mit den Händen, erzählten uns gegenseitig Geschichten aus unserer Welt, darüber, wie viele nackte Frauen wir schon gesehen hatten und andere wichtige Dinge. Den Strand entlang kommen ein paar von den anderen Inselbewohnern, Totto vom Langvik an der Spitze, Locken auf dem Kopf und ein Luftgewehr im Schrank – schießt auf alles, was sich bewegt – bestimmt vier, fünf Jahre älter als ich. Reka ruft ihn her.

„Kannst du diesen verdammten Sommergast nicht mal ordentlich durchwalken, Totto, geht mir schon den ganzen Tag auf den Keks."

Ich blieb mit offenem Mund stehen, ob es war, weil es keine besonders großen Anforderungen stellte, mich zu verhauen, oder nur, weil Totto Reka einigermaßen kannte, weiß ich nicht; aber der lockige Teufel vom Langvika spuckte nur ins Wasser und sagte, er habe heute schon genügend Sommergäste verhauen. Dann gingen Totto und sein Hofstaat weiter den Strand entlang und ließen Reka und mich mit unseren eigenen ungeklärten kleinen Konflikten einfach stehen.

„Nächstes Mal kriegst du's", sagte Reka und sah mich aus leuchtenden, erwartungsvollen Augen ein paar Sekunden an, ehe wir wieder weiterspielten.

Vielleicht war das der Grund, dass mich mit diesem Spinner durch die Jahre eine Art Freundschaft verband. Er war unberechenbar, aber ich fühlte mich seiner trotzdem recht sicher. Konnte mich zu Tode erschrecken, auch wenn ich nach und nach begriff, dass es bei Drohungen blieb. Was aber am meisten bedeutete, war, dass ich durch diese seltsame Freundschaft irgendwie Kontakt mit Reka behielt.

Eines Tages, als wir wie üblich zusammen spielten, hörte Reka plötzlich auf und sah mich grinsend an.

„Meine Schwester ist ganz verrückt nach dir", sagte er aufreizend.

„Pfff, quatsch nicht", sagte ich und versuchte unbeteiligt auszusehen, während ein ganzer Jahrmarkt mit Riesenrad, Schießbuden und Clowns wie Zuckerwatte durch meinen Körper kribbelte.

„Denkst vielleicht, ich weiß nicht, dass du verliebt bist, oder?"

„In Miriam? Bin doch beim Teufel nicht in eine Einheimische verknallt, jedenfalls nicht in deine Schwester."

Ich bereue es schon, während ich spreche. Bereue es, als wir uns trennen, bereue es, während ich den Strand entlang auf das Haus zugehe, bereue es auf der Treppe, bereue es vor der Tür, bereue es, während ich esse. Ich dachte an Petrus, der Gott dreimal verleugnete. Keine Hähne krähten, aber ich wusste, dass Reka grinsend heimrennen, die Tür aufreißen und sagen würde, glaub ja nicht, dass der dich mag, er hat's mir selber gesagt, er verträgt nicht einmal deinen Anblick. Und ich war mir sicher, dass sie vor dem Spiegel saß und ihr langes blondes Haar kämmte, als er zur Tür hereinkam, und gelangweilt auszusehen versuchte, ehe ihr die Tränen in die Augen schossen und sie ihn aus dem Zimmer schob, die Tür abschloss, sich aufs Bett legte und das Gesicht im Kopfkissen vergrub. Ich konnte sie fast weinen hören.

Zwei Tage war es her, seit ich mit Kristin spazieren gegangen war.

„Wie war's?", fragte Martin.

„Fein", sagte ich kurz.

„Fein? Verdammt nochmal, habt ihr zusammen geredet? Was hat sie gesprochen? Hast du ihre Eltern kennen gelernt? Hier geht's um die Details."

Er sah mich mit etwas gekränktem Gesichtsausdruck an. Wirkte, als hätte er ein Anrecht darauf, alles Mögliche zu erfahren, nur weil er mir zwei oder drei gute Ratschläge gegeben hatte. Ich fand ihn aufdringlich und neugierig, er hatte, Teufel nochmal, doch überhaupt nichts mit Kristin und mir zu tun.

„Na ja, wir sind spazieren gegangen und haben vom Wetter geredet und so, war eigentlich ganz nett, abgesehen davon, dass ich von ihrem Vater vor der ganzen Familie auf den Arm genommen wurde."

„Also läuft da was?"

„Was weiß ich, Martin."

Ich merkte, dass diese ganze Geschichte irgendwie in der Luft schwebte. Irgendwie spannend mit einer Frau, würde sie eines Tages vielleicht ins Bett holen, konnte den Jungs zu Hause in der Stadt was erzählen. Aber es war trotzdem nicht sie, an die ich dachte. Kristin war immer da gewesen, all die Jahre hindurch, ein nettes Mädchen, aber eher so etwas wie ein guter Freund – jemand, den ich gern näher kennen gelernt hätte – nicht eine, an die ich ununterbrochen dachte wie an jemanden, in den man richtig verliebt ist, jemanden, der dir einen rätselhaften Stoff in den Körper gepumpt hat, der bewirkt, dass du an fast nichts anderes denken kannst als gerade an diesen Menschen, das Mädchen, das du die ganze Zeit bei dir hast, egal was du tust oder wo du bist. Sie, an die du denkst, ehe du einschläfst, und an die du sofort beim Aufwachen denkst. „Klar, unheimlich schön, mithelfen zu können", sagte Martin in diesem Ton, der mir jetzt allmählich geläufig war. Wenn er die Herrschaft nicht total übernahm, spielte es keine Rolle. Wenn er richtig sauer wurde, konnte er sich tagelang fernhalten, keiner redete mit ihm, seine Eltern wussten nicht, was er vorhatte, und außerdem schien es ihnen auch gleichgültig zu sein. Dann, nach einigen Tagen, vielleicht auch erst nach einer Woche, war er wieder da, als wäre nichts passiert.

Eines Morgens stand er vor der Tür.

„Meine Eltern gehen heute Abend aus, hab sturmfreie Bude, dachte, wir könnten eine größere Fete laufen lassen, was?" Er strahlte und war der Martin, den ich besonders mochte. Mit kindischer Freude darüber, als Mittelpunkt etwas in Schwung bringen zu können.

„Fete?", fragte ich, wusste aber genau, was er meinte. Ein bisschen Geld auftreiben, Essbares organisieren, einen Grill bauen, Flüssiges beschaffen, Mädchen einladen, volle Rolle.

„Heute Abend", sagte Martin. „Super Wetter und alles."

Die alte Hütte lag hoch über dem Meer. Es war eine Art Blockhaus und erinnerte an einen großen Kornspeicher, der eigentlich besser ins Gebirge gepasst hätte, aber trotzdem heimelig wirkte, auch wenn Elchköpfe und Alkoven hier am Meer wenig zu suchen hatten.

Der Abend war lau und von dem Felsen vor der Hütte aus konnten wir fast bis hinein nach Tönsberg sehen. Jemand hatte einen Kassettenrekorder mitgebracht und dazu eine einzige Kassette – irgendeine alte Stevie-Wonder-Sache. Wir grillten, tranken, grillten und tranken, während die Batterien Stevie zum Weitermachen zwangen, in jeder Runde etwas langsamer.

Ich hatte Kristin an meiner Seite und ich fühlte mich sicher; fühlte das Pils in den Schläfen pochen und ließ die Lippen überquellen von Dummheiten, dass die Mädchenaugen ums Lagerfeuer funkelten. Ich mochte die Abende am liebsten. Kerzenschein, tanzende Schatten auf glühenden Gesichtern und Mädchen, die nach Hause begleitet werden mussten – keine von hohen Felsen ins Wasser springenden Leiber, niemanden, dem die Sonne im Gesicht zu stark wird, nicht einmal ein Schnorchel.

Die Sonne war im Untergehen und es war schon fast elf Uhr, als jemand irgendwo hinter der Hütte laut schrie. Die Mädchen machten psch! und wir dämpften die Musik. Jemand kam durch den Wald. Wir hörten das Klirren von Flaschen und raues Gelächter.

„Fremde“, sagte Agnar. „Was machen wir jetzt?“

„Psss. Können ja bei uns mittun, wenn sie keinen Stunk machen“, sagte Martin.

Um die Ecke kamen drei Jungen und zwei Mädchen. Wir hatten ein paar von ihnen schon früher gesehen. Einer hatte wohl mal in Oslo gewohnt, und als wir ihn näher in Augenschein nahmen, war es ganz klar, dass er anders wirkte als die anderen Einheimischen. Musste grausam sein, so mir nichts, dir nichts aus der Stadt wegzuziehen und sozusagen von heute auf morgen ein Fremder zu werden. Der andere Junge war Reka – er war jetzt schon fast zwei Meter groß, und hinter ihm stand seine Schwester. Der ehemalige Osloer sagte als Erster etwas.

„Okay, wenn wir joinen? Dann wird auch kein Trouble.“

Er sah nett aus, machte einen freundlichen Eindruck und es konnte ja interessant sein, ein paar Einheimische kennen zu lernen.

„Klar, setzt euch dazu, macht dem Jungen Platz.“ So Martin in der übermütigen Ecke.

„Gut, aber den Damen müsst ihr wohl auch ein bisschen Platz machen“, lächelte der ehemalige Osloer, und wir bildeten einen größeren Kreis um das Feuer.

Rekas Schwester hatte Gesicht und Körper bekommen; war kein struppiges Wesen im Regenwetter mehr, arm an Vokalen und mit Gänsehaut. Jetzt sah sie mich von der anderen Seite des Feuers her an; und ich musste an Walt Disney denken; dieses traumwandlerische Gefühl, das Funken sprühende Feuer, Marshmallows, die in der Asche pfiffen und ein Tag, der irgendwo unten bei Sandefjord am Horizont verrann.

„Hallo“, sagte Rekas Schwester.

„Hallo“, sagte ich. „Ich erinnre mich an dich, du heißt Miriam.“

„Ich weiß“, sagte Miriam.

„Weißt was?“

„Dass du dich an mich erinnerst.“

Jemand hatte neue Batterien eingelegt und Stevie Wonder war da und ging wieder. Ich fühlte, wie eine Hand mich am Hemdärmel zupfte und hörte Kristins Stimme im Ohr – wollen wir tanzen? Ich drehte mich zu ihr um, zu zwei schwarzen Höhlen irgendwelcher Augen, in denen die Flammen des Holzstoßes im Bodenlosen aufleuchteten, als wäre irgendwo tief unter Wasser jemand mit Schweißarbeiten beschäftigt.

Ich schüttelte den Kopf und bemerkte ein Gesicht, das erstarrte. Kristin stand auf und es dauerte nicht lange, bis sie sich einen anderen Tänzer geangelt hatte.

„Prost!“, sagte ich gerade in dem Moment zu Miriam, als Martin sich neben ihr hatte niederplumpsen lassen, ihr die Hand hinstreckte, sich vorstellte und fragte, ob ihr kalt sei. Noch ehe sie antworten konnte, hatte sie seine Jacke über den Schultern und ein Glas Likör in der Hand. Prost, sagte Martin zu Miriam, und prost, sagte Miriam zu Martin, und dann kicherten sie und Martin erzählte ihr die Geschichte vom Missionar, der schwule Kannibalen bekehren sollte. Ich stand auf und ging hinauf zur Hütte, hörte quietschende Mädchentöne und wusste ungefähr, wie weit Martin in seiner Geschichte gekommen war.

Die Hütte bestand aus einem großen Raum, in dem die Küche von der Stube abgeteilt war. Oben unter der Decke war ein riesiges Etagenbett eingerichtet, und über einem der Fenster hing das mächtige Elchhaupt. Auf dem Stubentisch entdeckte ich eine Flasche Wodka und eine halb volle Cola und machte mir in einem Marmeladenglas eine Fiftyfifty-Mischung zurecht. Vom Wodkageruch wurde mir speiübel, und statt das Zeug schlückchenweise zu mir zu nehmen, kippte ich einfach das ganze Glas und schenkte mir noch ein Glas voll ein, das ich ebenfalls hinunterstürzte.

Ich hatte noch nie einen derartigen Rausch erlebt, so stark und intensiv. Noch ehe ich das Glas wegstellen konnte, geschah etwas in meinem Kopf, ich hörte mich selbst schreien und es klang wie von einer Stereoanlage, über deren Lautsprecher jemand eine Decke gelegt hat. Ich schrie noch einmal und verlor das Gleichgewicht, versuchte mich an einer Stuhllehne festzuhalten, griff aber daneben, glitt auf einem Läufer aus und donnerte auf den Fußboden. Ich versuchte aufzustehen, wirbelte aber nur herum und nach hinten, als wäre ich einmal zu viel Karussell gefahren, hielt mich am Kühlschrankgriff fest und blieb halb über dem Spültisch hängen, fühlte etwas Nasses am Ellbogen. Stimmen, die zu mir sprechen, fragen, was mit mir los ist, ich lache, brülle etwas von Jahrmarkt, schnappe mir das Handy, das auf einem Stuhl liegt – muss, zum Teufel, wo anrufen und was klären – aber der verdammte Hörer sitzt fest und jemand fragt, ob ich spinne, ich antworte, heiß! heiß! und man muss löschen, stecke das Telefon in einen Topf mit kalter Suppe, aber jetzt ist die Lage derart verdammt höllisch heiß, also nichts wie raus aus der Hütte. Fast niemand mehr am Lagerfeuer, Miriam ist längst verbrannt und die Zeit ist längst futsch – also nichts als ein Bett, irgendwas, wo man sich ein bisschen hinlegen kann, das ist alles, was ich brauche, nur ein bisschen hinlegen, kann so nicht heimgehen, bisschen legen, ziehe an einer Tür, jemand ruft, verschwinde, aber das Heiße ist nicht die Spur vergangen, raucht irgendwo dort im Dunkeln, jemand atmet, das bist du, Martin, verdammt, antworte schon, und jetzt höre ich Martin, will mich aber nur hinlegen, und es sind noch mehr in dem kleinen Raum, autsch, Miriam, dachte, du bist verbrannt, Miriam, ich strecke die Hände nach ihr aus, will nur das lange blonde Haar fühlen, ihr Haar, ehe es brennt, ich fühle ihr Haar, ich greife danach, sage, komm her, darf ich um den nächsten Tanz bitten, sage ich lächelnd und führe sie zum Tanzboden, jemand hinter mir, Hände, die mich festhalten, die mich aus dem Raum ziehen, Kristins Gesicht, die sagt, jetzt kommst du mit mir, ihr Gesicht, sie wischt sich das Gesicht ab, denn wenn du das noch mal sagst, spucke ich, hab ich doch gesagt, und dann sagt sie, komm mit, hat sie gesagt, und jetzt wischt sie sich das Gesicht ab, ich habe Kristin ins Gesicht gespuckt, sorry, rufe ich ihr nach, aber jetzt ist sie verschwunden, und die ganze Welt ist voll Miststücke, und die Flasche auf dem Kaminsims, in der ein kleines Schiffsmodell steckt, schmeiße ich ihr durch die Tür nach, sie zerschellt draußen auf den Felsen, und jetzt braucht sich keines von den Miststücken mehr den Kopf zu zerbrechen, wie das Schiff in die Flasche gekommen ist, denn jetzt gibt es keine Flasche mehr. Allein im Raum, allein in der Hütte, Scheißhütte, das ist sie doch, eine verdammte Scheißhütte mit einem Scheißelch an der Wand, Scheißelchkopf, ich angle mir einen Lampenschirm und setze ihn als Hut auf, aber Kristin lacht nicht, als ich sie im Dunkeln auf dem Pfad einhole, geht nur schneller, und statt mich zu entschuldigen, ziehe ich an ihrer Jacke und nenne sie eine Hure, aber sie lacht überhaupt nicht, schüttelt nur den Kopf und versucht, auf dem Steig an mir vorbeizukommen, und als sie meint, endlich vorbeigewitscht zu sein, schubse ich sie ins Gebüsch, ich glaube, sie weint, das wollte ich nicht. Wieder in der Hütte, ist dort fast niemand mehr und ich frage fast niemanden, wer er ist, und fast niemand ist Martins Mutter, die ich an den Haaren zupfe und Kleines nenne, so dass Martins Vater mich am Arm nimmt und mich ein Stück den Pfad hinunter zum Strand begleitet und mich bittet, daheim schöne Grüße zu bestellen.

Weniger als ein Atom von Heiß! übrig, und am Strand weht es kalt, muss mich nur ein bisschen hinlegen, kann so doch nicht heimkommen, nur ein bisschen hinlegen. Das Holz des Gemeindestegs wirkt beinahe warm, ich lege mich auf den Bauch und gucke zwischen den Planken hinunter aufs Wasser, spucke ein bisschen, Wasser im Mund, nur ein bisschen liegen.

„Schau, dass du auf die Beine kommst, Junge."

Eine Stimme irgendwo hinter mir, Zigarettenglut im Dunkel.

Muss ein bisschen geschlafen haben. Wieder die Stimme: „Hoch mit dir, erkennst Samuelsen nicht, Junge, auf die Beine mit dir!"

Ich rappelte mich auf, das Karussell drehte sich nicht mehr, der Körper kreiste nicht mehr von selbst um die eigene Achse, und es war kalt, ich fror quer durch. Samuelsen packte meinen Arm und schleifte mich den Strand entlang und hinein in die kleine Bude, wo eine Petroleumlampe brannte und wo es nach Zigarettenrauch roch.

„Besserer Leute Kind“, schnaubte Samuelsen und reichte mir ein Glas Milch. Ich schüttete es hinunter und Samuelsen goss mir ein zweites Glas voll ein und angelte sich selbst ein Bier. Ich schaute den alten Mann an, vor dem wir immer ein wenig Angst hatten, das runzlige Gesicht mit der Zigarette im Mundwinkel, die sonnenverbrannte Haut, die an eine graubraune zerknitterte Zeltplane mit Dreckspritzern erinnerte. Der Schweiger.

„Schläfst du, Junge?“

Ich fuhr zusammen und schlug mit dem Kopf gegen die Wand. Samuelsen brüllte vor Lachen.

„Aha, du hast dir also auch mal eine Runde genehmigt“, grinst Samuelsen mich im Halbdunkel an. Ich bin nicht mehr ganz so schlapp. Samuelsen hält mir ein Päckchen Tabak und Hülsen hin, aber ich schüttle den Kopf.

„So hätt deine Mutter dich sehn müssen“, fuhr er fort. „Hätt sich übel aufs Taschengeld ausgewirkt, denk ich, hähä.“

An der Wand hinter ihm hingen verschiedenste Gegenstände aus der ganzen Welt: Haizähne, riesige Muscheln, Seemannsknoten und Ansichtskarten. Das Ganze war zu einem Muster gestaltet.

„Weißt du, dass sie dich den Schweiger nennen?“, fragte ich.

„O ja, eins und 's andere kriegt man als alter Satan ja mit", grinste Samuelsen.

„Bist du im Gefängnis gewesen?", fragte ich.

Er antwortete nicht sofort. Dann nahm er ein Bild von der Wand. Es war eine Fotografie mit Wolken. Es sah aus wie ein aus irgendeiner Illustrierten ausgeschnittenes Bild - vielleicht aus einem Reisekatalog.

„Siehst du diese Wolken", sagte er. „Schön, nicht wahr? Und doch ist etwas Teuflisches in ihnen verborgen, könnte fast der Rauch von einem Mordsbrand sein, einem Riesenfeuer - oder so ein Atompilz - wunderschön und gleichzeitig innen höllisch gefährlich. Siehst du's?"

Ich betrachtete das Bild eingehend. Für mich sah es nur aus wie Wolken.

„So ist das eben. Wenn du das Niederträchtige erst entdeckt hast, siehst du nichts anderes mehr, alles Schöne wird gemein; wenn etwas allright ist, wartest du nur drauf, dass ringsherum alles zusammenklappt. Wenn du die Niedertracht entdeckt hast, trägst du was mit dir herum, etwas, das dazu führt, dass die Leute dir aus dem Weg gehen, und du bist zum Schluss ein einsamer Teufel. Und da geben dir die Leute dann Namen. Das muss einer aushalten, wenn er diese ganze Niedertracht zu tragen hat. Vielleicht ist das der Sinn der Sache? Dass nur einige wenige den Hauptteil der Gemeinheit tragen, damit die andern sie los sind? Tausend Sorgen, tausend Fragen und keine Antworten, und schon hast du einen alten Teufel wie mich."

Er hängte das Bild mit den Wolken wieder zurück an die Wand.

„Würdest du dem alten Samuelsen zuhören, wenn er versuchte, dir früh am Morgen einen guten Rat zu geben?“

Er sah mich an, wirkte ernst, und ich kam mir wieder wie ein Dreikäsehoch vor. Schenkte sich etwas Schnaps aus einer kleinen Flasche ein, die er in der Innentasche hatte, nahm einen Schluck und sah mir wieder mitten ins Gesicht.

„Aus deinen Augen leuchten Schwierigkeiten, Junge.“

„Schwierigkeiten?“

„Du solltest nicht so verdammt trinken, junger Spund, der du bist.“

„Pfff, hab nur ein paar Gläser mit...“

„Schnauze, Kläffer – jetzt hörst du Samuelsen mal eine Minute zu, und dann reden wir nicht mehr drüber.“

„Okay“, sagte ich.

„Wenn du so verdammt trinkst, kann das zwei Gründe haben. Entweder steckt was in dir, das so stark und groß ist, dass du eines schönen Tages die Kontrolle drüber verlieren kannst.“ Er sah mich mit durchdringendem Blick an und beugte sich über den Tisch. Ich hatte das Gefühl, dass er gleichzeitig etwas über sich selbst aussagte.

„Das war der eine Grund“, sagte ich.

„Ja, und der andere Grund, willst du den wissen?“

Ich nickte.

„Der andere Grund könnte sein, dass du so vernagelt bist, dass du überhaupt nicht weißt, was für dich gut ist. Aber ich glaube nicht, dass das bei dir der Fall ist – kannte ja deinen Vater – und wenn du überhaupt was von ihm geerbt hast – dann steckt auch so was wie Vernunft in dir.“

„Okay“, sagte ich.

„Kein Okay-Scheiß zu Samuelsen. Aber nimm dich in Acht vor dem, was in dir ist, das jetzt war gleichsam die Vorwarnung. Und jetzt sieh zu, dass du heim zu Muttern kommst, und halt die Schnauze, dass du hier warst."

„Wiedersehen Samuelsen", sagte ich.

„Vorsehen", sagte Samuelsen.

Dem Mann im schwarzen Mantel ist warm geworden. Er hat sich wieder von seinem Manuskript gelöst und fuchtelt mit den Armen, um Pointen hervorzuheben.

„Und wir werden sehen, wie selbst verschuldete Trunkenheit die abgründigsten Eigenschaften des Angeklagten zutage fördert, und es wird unser Hauptargument sein, dass diese makabre und schreckliche Tat nicht eine Affekthandlung war, sondern im Gegenteil als konkreter Plan das Bewusstsein des Angeklagten beherrschte."

Ich höre und höre doch nicht. Draußen scheint die Sonne, ein rötlich blauer Oktobertag, ich nehme an, die Luft ist klar und kühl, die Bäume haben ihre Blätter verloren, die Kinder freuen sich schon auf den ersten Schnee, und bald werden die Lehrer sie auf ihre Plätze zurückrufen, wenn sie aufgesprungen und an die Fenster gelaufen sind, um dem Schnee zuzusehen, der sanft und lautlos vom grauen Himmel fällt. Habt ihr noch nie Schneeflocken gesehen, sagt der Lehrer übertrieben gequält, lässt sie aber trotzdem ein Weilchen zum Fenster hinausschauen. Es wird ja sowieso gleich klingeln.

Ich erinnere mich, wie eigenartig es war, außerhalb der Saison auf die Insel zu kommen, erinnere mich an eine Fahrt mit dem weißen Opel, nur Vater und ich, wollten nach einem Sturm die Vertäuungen nachsehen. Wie spiegelblank die Bucht da lag, als wir um die Biegung kamen. Der leere Strand, die Möwen, die auf irgendetwas warteten. Keine Freunde, die uns aus ihren Jollen etwas zuriefen, kein Motorenlärm, keine Fähren mit übermütigen Kindern, die hinüber ins Ferienlager Hudö wollten, kein Scheppern von Milchkannen, keine Segelboote im Fjord.

In einem Jahr gab es dickes Eis bis hinaus nach Færder. Vater und ich waren gekommen, um den Schnee vom Dach zu schaufeln und im Haus noch einmal Mäusegift auszulegen. Es war drinnen und draußen eiskalt und wir öffneten eine Dose durchgefrorene Sardinen, die wir im Vorratsschrank gefunden hatten. Wir zündeten eine Kerze an und taten, während wir darauf warteten, dass sich die Wärme von den Öfen im Haus verbreitete, als wären wir am Südpol gestrandet und hätten nichts anderes zu essen. Die Sardinen waren so hart, dass wir sie als Tiefkühl-Nagelsardinen bezeichneten. Noch viele Jahre danach glaubte ich, dass alle Fische auf diese Weise im Fjord überwinterten, steifgefroren im Eis.

Als es in der Stube warm geworden war, aßen wir von Papptellern, die wir in der Speisekammer gefunden hatten, richtig zu Mittag. Dann ging Vater in den ersten Stock und legte sich im Schlafzimmer aufs Ohr. Ich blieb mit einem Comic in der Stube sitzen. Es war still im Haus und draußen längst dunkel. Da gewahrte ich eine kleine Maus, die verstohlen über den Teppich huschte, kaum einen Meter von meinen Beinen entfernt. Ich blieb so still wie möglich sitzen und sah der Maus zu, wie sie am Stuhl hochkletterte, auf den Tisch sprang und an den Speiseresten schnupperte. Selbst wenn ich mich ein wenig rührte, reagierte die Maus nicht, also beugte ich mich vorsichtig über den Tisch und zog den

Teller ein wenig näher zu mir heran. Die Maus rannte in ihr Versteck, aber nach wenigen Minuten war sie wieder da und tat sich an den Resten gütlich. Wenn ich den Teller näher zu mir heranzog, verkürzte sich von Mal zu Mal die Zeitspanne, bis die Maus wieder da war, und schließlich blieb sie fressend vor mir sitzen. Ich nahm ein Stückchen Fleisch zwischen die Finger und hielt es dem kleinen Tier hin, das sich vorsichtig näherte und bald nach dem Bröckchen schnappte. So muss ich über eine Stunde dagesessen haben, als ich Vaters Schritte von oben hörte. Als er die Tür zum Gang öffnete, flitzte die Maus davon und verschwand unter dem Sofa. Wir beschlossen, ganz ruhig sitzen zu bleiben, bis sie sich wieder zeigen würde, aber wir gaben bald auf und ich weiß nicht, ob Vater nicht glaubte, ich hätte die Geschichte erfunden.

Am nächsten Tag war der Himmel wolkenlos und die Sonne schien. Draußen auf dem Eis waren Menschen, also schnallten wir die Skier an und genossen den Lauf entlang der zahlreichen kleinen Inseln. Draußen bei dem alten Schiffswrack trafen wir ein paar Einheimische, die auch einen Ausflug machten. Reka und Miriam, beide mit Skiern an den Füßen – ein seltsamer Anblick. Miriam hatte eine viel zu große Zipfelmütze auf, die ihr in die Stirn fiel. Das lange blonde Haar hing in zwei Zöpfen unter der Mütze heraus.

„Hallo“, sagte sie.

„Hallo“, sagte ich.

„Wir wollen fischen gehen“, sagte sie.

„Fischen?“

„Ja, wir bohren ein Loch ins Eis“, erklärte sie.

„Eisfischen?“, fragte ich.

„Was denn sonst?“, antwortete sie.

„Ja, was denn sonst“, sagte ich und versuchte es mit so etwas wie „könnte ja noch kälter sein“.

Reka zupfte seine Schwester am Ärmel und sah mich verächtlich an.

„Badegäste gehören im Winter nach Oslo“, sagte er nur.

Ich nickte. Er zog sie wieder am Ärmel.

„Tschüss“, sagte Miriam.

„Wir sehen uns im Sommer“, sagte ich.

Vater war schon landwärts vorausgegangen. Ich hatte ihn fast eingeholt, als wir ein Auto hörten. Ein Volkswagen kam übers Eis gefahren und die Insassen winkten uns zu. Im Vorbeifahren riefen sie, das Eis sei bis hinaus nach Færder sicher, und ich hörte Vater etwas von verrückten Jugendlichen sagen. Am nächsten Tag lasen wir in der Zeitung, dass irgendwo hier in der Nähe ein Auto ins Eis eingebrochen war. Ich weiß nicht, ob es dieser VW gewesen war, aber im nächsten Sommer stellte ich mir vor, dass sie in diesem alten Auto immer noch irgendwo unter Wasser herumfuhren, verzweifelt eine Möglichkeit suchend, wieder nach oben zu kommen.

Vater und ich einigten uns, dass er diesmal kein Mäusegift auslegen wollte. Als wir aber die Tür hinter uns abgeschlossen hatten und in dem weißen Opel Rekord am Strand entlang unterwegs waren, fiel Vater ein, dass er irgendwelche Schlüssel liegen gelassen hatte. Wir kehrten um und Vater lief ins Haus und versperrte die Tür hinter sich, war aber nach wenigen Minuten zurück. Ich glaube, wir haben erst weit hinter Tönsberg wieder miteinander gesprochen, und ich fühlte, wie in meinen Augen die Tränen hochquollen und dass meine

Unterlippe zitterte. Vater wollte in Drammen Würstchen spendieren, aber ich sagte nur nein danke und war erst spät am Abend wieder fähig zu reden.

Wir waren zwei Paare geworden: Martin und Miriam, Kristin und ich. Es war einfach so gekommen und Lasse und Agnar entglitten mir immer mehr. Denn Martin organisierte und Martin bestimmte, immer ein Ausflug, ein Film, eine Insel zu entdecken, immer etwas zu tun für uns vier, die beiden Paare.

Eines Abends saßen wir bei Kristin in der Hütte. Ihre Eltern waren nicht da und Martin hatte ein paar Flaschen Wein mitgebracht. Wir hatten geschwatzt und Karten gespielt und den ganzen Abend herumgeblödelt. Es wurde langsam spät. Martin schaltete den Kassettenrekorder ein, irgendwelcher Blues, komm Miriam, tanzen wir.

Und Miriam kommt und Miriam tanzt, während Kristin und ich als Zuschauer auf dem Sofa sitzen. Und obwohl ich weiß, dass ich Kristin jetzt fragen muss, ob wir tanzen wollen, tue ich es nicht. Ich hasse es, immer genau das zu tun, was von mir erwartet wird. Habe es immer gehasst. Mir wird ganz anders, wenn ich sehe, wie andere sich beim Tanzen lächerlich machen, das ist so typisch für uns Norweger, man hat solche Angst davor, Nein zu sagen, dass man sich lieber einer Blamage beim Tanzen aussetzt. Martin wackelt mit dem Hintern und macht diese Komm-her-Baby-Bewegungen mit den Fingern, Miriam hingerissen, grinst und lacht, und Martin: Wollt ihr zwei denn nicht tanzen?

Kristin sieht mich an, fragend. Ich tue, als sähe ich es nicht, frage, ob sie noch Wein möchte, sie nickt – ich schenke ein, hebe das Glas und sage prost. Kristin stößt mit mir an und ich bin wieder Herr der Lage. Miriam und Martin tanzen allein, eng, verdammt eng, wie mir das Spiegelbild in der großen Verandatür zeigt, und jetzt tanzen sie hinaus in den Flur und verschwinden, ich höre die Tür zu einem der Schlafzimmer sich schließen, Gelächter.

Ja doch, ich weiß, jetzt müssen wir schmusen. Kristin beklagt sich, dass es hier drin so hell ist, dass es fast in den Augen wehtut. Sie schaltet die Lampe an der Wand über dem alten Sofa aus. Nur eine Kerze leuchtet mitten auf dem Tisch. Ich fühle mich sicherer. Weiß, was von mir erwartet wird, greife nach dem Wein und trinke fast die Hälfte hastig direkt aus der Flasche. Wende mich Kristin zu und höre mich selbst sagen, dass sie in diesem Licht ganz verflixt hübsch ist. Rücke näher zu ihr hin und lege den Ellbogen auf die Rückenlehne, strecke den Arm wie zufällig aus, während ich Wein einschenke, und sie rückt nicht weg, sondern eher näher zu mir her, und jetzt lege ich ihr den Arm um die Schultern, und schon geht alles wie von selbst. Sie schmiegt sich an mich und ich rieche an ihrem Haar, sie lacht und sagt, dass sie ein neues Shampoo verwendet, nicht mehr Apfel, sondern etwas mit Sommerwiese. Ich berühre ihr Ohr, etwas Besseres fällt mir nicht ein, und es ist warm, und ich küsse sie auf die Stirn. Jetzt greift sie mir wie zufällig auf den Schenkel, und ich nehme sie fester in den Arm. Dabei spüre ich, dass sie mir an den Hals atmet, und ich fühle ihre Lippen auf meiner Haut. Zähle bis drei und neige den Kopf ihrem Gesicht zu und küsse sie auf den Mund, und sofort fühle ich, wie ihre Zunge an meinen Lippen vibriert. Ich halte den Kopf ein bisschen schief, so wie im Film, und sie schiebt die Zunge in meinen Mund und leckt drauflos. Ich begreife, dass ich auch so etwas Ähnliches tun muss, und so spiele ich mit Kristins Zunge. Ich denke, das ist eine wichtige Erfahrung, es wird mir sicher lange in Erinnerung bleiben. Und ich denke an eine andere. An eine, die in einem Raum Wand an Wand mit dieser Stube ist. Eine, die vielleicht mit Martin gerade jetzt unter einer Decke liegt, Gott weiß, was er mit ihr tut. Jetzt merke ich überhaupt nichts mehr, horche nur auf Geräusche aus dem Schlafzimmer, mir ist siedend heiß, ich merke, wie mir überall der Schweiß ausbricht. Kristin hat sich auf dem Sofa wieder zurechtgesetzt, ich glaube, sie ärgert sich ein bisschen, jetzt geht sie in die Küche, klappert mit irgendwelchen Töpfen, setzt sicher Teewasser auf, ich vermute es nur, denn jetzt ist es fast ganz still im Schlafzimmer, nur ein Bett knarrt und jemand stößt dann und wann gegen die Wand.

Ich wusste es jetzt. Von einem Tag auf den anderen. Wusste, dass Miriam mir gehörte, dass es all die Jahre so gewesen war. Für mich begann eine Periode, in der ich mich fast von ihr besessen fühlte, stundenlang in einem Versteck stehen und das Haus betrachten konnte, in dem sie wohnte, oder dass ich mich von daheim wegstahl, um nur an sie zu denken, daran zu denken, wie es hätte sein können. Wenn ich ihr begegnete, spürte ich eine ganz besondere Art von Kontakt, und ich konnte nicht begreifen, dass keiner von den anderen das merkte – alles im Raum drehte sich um uns.

Jetzt fiel mir auf, dass auch ich etwas Besonderes für sie war. Merkte, dass sie dort auftauchte, wo auch ich war, traf sie etwas zu oft unten am Strand, zufällig, allein – ohne Martin. Und wenn wir im Boot draußen waren oder auf einer der kleinen Inseln, blieb sie gern neben mir oder ganz in meiner Nähe sitzen, manchmal ganz dicht bei mir – ich spürte es stärker und stärker, dass sie mir durch ihr Verhalten etwas zu sagen versuchte. Trotzdem schien es unmöglich, ihr mitzuteilen, was ich empfand. Ich wollte gegenüber Martin nicht unfair sein, der ja einer von uns war, wollte nicht dirty sein und glaubte jedenfalls, dass sie auch so dachte. Und Kristin war nur ein fernes Etwas, das ab und zu auftauchte und sich mir an den Arm hängte. Sie tat mir Leid, aber ich konnte nichts anderes tun, als ihr über den Kopf zu streicheln oder im Kino ein Weilchen ihre Hand zu halten. Kristin war mir gleichgültig – alles drehte sich jetzt um Miriam.

Eines Tages traf ich sie bei den Geschäften. Sie stand mit

einem Einkaufkorb auf der Straße und schien auf jemanden zu warten.

„Hallo“, sagte ich.

„O, hallo, ach du bist’s“, sagte Miriam, und ich sah, wie ihre Augen aufleuchteten. „Martin kauft da drin ein“, fuhr sie in einem Ton fort, der enttäuscht und auch warnend klang. Wir hatten jetzt etwas gemeinsam, wir durften uns nicht verraten, wenn er herauskam. Wir mussten Komödie spielen.

„Schön, dich zu sehen“, sagte ich in einem Ton, der mir neu war.

„Gleichfalls“, sagte Miriam und pustete sich die Haare aus der Stirn.

Dann kam Martin mit zwei prallgefüllten Tragtaschen aus dem Laden. Eine davon drückte er Miriam in die Hand.

„Aha, stehst hier und flirtest mit meiner Dame“, sagte er grinsend. „Und Kristin? Wo hast du die heute gelassen?“

„Weiß der Kuckuck“, sagte ich und kratzte mit den Schuhspitzen im Kies.

„Na, wir müssen los“, sagte Martin. „Seh dich vermutlich am Samstag, tschüss.“

Sie fuhren im Wagen seines Vaters davon, Martin ohne Führerschein, Miriam voll Vertrauen daneben, ohne Sicherheitsgurt. Es machte mich wütend, wie er sie behandelte, sie als etwas Selbstverständliches ansah, sie allen möglichen Gefahren aussetzte. Ich sah den Wagen mit Totalschaden vor mir, Blut auf Sitzen und Instrumentenbrett, Blaulicht, keine Sirenen, zu spät – nichts mehr zu machen. Miriams Familie bei der Beerdigung in der kleinen Seemannskirche, Reka im etwas zu knappen Konfirmandenanzug, das Grab, wenn der Herbst kam und die Blumen längst verwelkt waren, vom Winde verweht...

„Wir sehen Lasse und Agnar fast gar nicht mehr", sagte Mutter beim Mittagessen.

„Hmmm", machte ich, hatte kaum gehört, was sie sagte.

„Möchtest du nicht alle deine Freunde einmal abends zu uns einladen?", fragte sie. „Ich werde gar nicht in Erscheinung treten, weißt du, nicht eine Sekunde hinter euch herspionieren..."

„Hmmm? Nein, vielen Dank", antwortete ich. „Danke fürs Essen." Ich spülte die Teller ab und verließ das Haus durch die Hintertür, ging hinunter zum Strand und hinaus auf die Felsen am Meer.

Dort draußen in der Brandung höre ich die Welt und ich sehe den Horizont in weiter Ferne und zwei Schiffe, sicher viele Seemeilen voneinander entfernt, aber vielleicht mit demselben Ziel, wie sie sich so am äußersten Abgrund entlangbewegen.

Hier draußen ist es nur selten windstill und die Fahnenstangen trotzen dem Wind, als wäre alles verloren, als gäben auch sie auf. Hier draußen herrschen die Möwen. Zwei von ihnen hocken frierend da und betrachten das Meer, schauen hinaus wie zwei alte Pensionäre, geduldig auf irgendetwas wartend – vielleicht auf eine, die vor Jahren davongeflogen ist, die einfach von dem sicheren Berghang abgelegt hat und dem Essensgeruch der Dänemark-Boote und den winkenden Touristen mit dem Brot in den Taschen gefolgt ist.

Eine einzelne Seeschwalbe lässt sich vom Wind tragen,

nur hie und da von einem winzigen Flügelschlag unterstützt. Sie fliegt gegen den Wind, ganz ruhig, bis sie sich plötzlich fallen und landwärts drücken lässt, um sich aufs Neue den Lüften hinzugeben und das Ganze zu wiederholen. Ein paar Möwen spenden hohl Beifall, sie klingen wie Styropor oder wie ein großer nasser Putzlappen an einem Zimmerfenster, zwuuuik – zwuuuuik. Ratten des Meeres hat ein Mann im Radio sie genannt.

Hier draußen in der Brandung muss Darwin gegangen sein, als ihm zum ersten Mal die Idee vom Kampf ums Dasein kam. Hier werfen sich die Brecher immer und immer wieder gegen die Felsen und verursachen Schrunden und Risse, ehe das Wasser sich wieder im Meer verläuft. Dann und wann bleibt ein wenig Wasser in einer Mulde zurück, die in einer Million Jahren zum Hexenkessel wird, und es wird ein kleiner Junge kommen und Worte hinunterrufen, die nichts bedeuten, und er wird auf Antwort warten.

In dem Gemisch aus Regenwasser und Salzwasser liegt eine halbtote Krabbe und denkt „was jetzt?“. Sie hat mehr Glück gehabt als der Freund, der aus großer Höhe von einer nach Delikatessen jagenden unfreundlichen Möwe fallen gelassen, nun in Stückchen zerschellt dort liegt. Vielleicht bekommt die halbtote Krabbe Geleit von einem anderen einsamen Überlebenden und schafft die Grundlage für eine neue Art, die von Regenwasser und Luft lebt – und die sich nach einigen Millionen Jahren auf Wanderung durchs Bergheidekraut begibt, das sich aus irgendeinem Grund in den Schoß der Felsenküste krallt. Im Heidekraut liegt halb sitzend eine Föhrenwurzel. Sie wendet den Rücken dem Wind zu, und die Rinde ist abgeschilpert und sieht aus wie abgeschälte Haut. Die Wurzel gleicht einem Mann, der im Sitzen den Kopf in die Hände legt und darüber nachgrübelt, was für ein Leben das ist.

Der Wind frischt auf und es schäumt weiß über den Tiefen des Meeresschlundes. Wäre die See ruhiger, könnte man vielleicht nach alten Schiffswracks voll Kisten und Gefäßen tauchen, deren Inhalt noch unversehrt ist.

Die ganze Landschaft liegt im diesigen Licht, das von oben kommt wie von einer Galerie mit einem Glasdach. Unvermittelt bricht die Sonne durch einen Lichtschacht hervor, einem Loch in der Wolkendecke. Das Licht trifft auf ein kleines Boot mit einem Fischer, der weit, weit draußen Netze auslegt, vielleicht wird er gerade in diesem Augenblick zum gläubigen Menschen, wer kann das schon wissen.

Der Wind wehte an diesem Nachmittag ganz neue Gedanken in mich hinein. Ich habe einen Artikel darüber gelesen, wie Hausanstriche getestet werden. Um herauszufinden, wie das Haus nach jahrelangem Regen und Sturm aussehen wird, stellt man ein kleines Modell des Hauses in ein Wetterlabor, wo es ganz höllisch eiskalt regnet und stürmt, und zehn, fünfzehn Jahre sind in wenigen Tagen vergangen. Ich hatte das Gefühl, soeben in einer solchen Maschine gewesen zu sein, die mich um Jahre älter geblasen hat.

Auf dem Weg zurück über die Küstenfelsen spürte ich den Wind nicht mehr, und ich erinnere mich, dass ich dachte, ich sei Mitwirkender in einem Film. Andere Menschen saßen im Colosseum tief in ihren Polstersitzen und vollzogen mein Leben nach, ich war der Hauptdarsteller – der Held – der einen wichtigen Entschluss gefasst hat, und der Film dauert nur noch zwanzig Minuten, während die Handlung dem Höhepunkt zustrebt. Genauso fühlte ich mich.

Das, was nicht wirklich ist. Das, was nicht geschieht. Was ich vor mir sehe. Das anderswo geschieht – nur nicht hier – nicht mit mir. Mit uns.

Wie er fällt. Hinuntergezogen wird. Liegen bleibt. Wie sein Gesicht den Ausdruck verliert. Nicht Schmerz – nicht Zorn – eine Art Ruhe.

Und wie die Geräusche vergehen. Wie etwas verrinnt. Und dass ich weiß, selbst wenn alles vorüber ist, fängt alles jetzt an.

Erst jetzt.

Der Tod
verzehrt
die Sonnenstrahlen

Draußen im Korridor zucken die Blitzlichter, die Journalisten notieren wie wild, die Zeichner schärfen den Blick. Eine Frau kommt durch die Tür und geht den Mittelgang entlang, sie schaut starr vor sich hin, geht auf den Richter zu, beachtet die auf sie starrenden Augen aus den Zuschauerreihen nicht. Jetzt sieht sie zu mir her, lächelt unsicher, ich blicke auf den Tisch, fühle, wie ein Arm sich um mich legt, um zu zeigen, dass ich nicht allein bin. Die Frau hat graues Haar, sie trägt einen dünnen blauen Mantel, sie ist klein und etwas rundlich - ich ertappe mich dabei, sie wie eine Fremde zu betrachten - sie anzusehen, wie alle anderen im Saal es tun - die mit den sensationslüsternen Gesichtern, meist Pensionäre, Journalisten oder Studenten. Die Gesichter erhellen sich aufmerksam - die Blicke wenden sich der Frau im Zeugenstand und auch mir zu - ich blicke wieder auf den Tisch. Der Richter räuspert sich. Bittet um Namen und Personalien. Die Frau im Zeugenstand wird gebeten, lauter zu antworten, sie beugt sich daraufhin dem Mikrofon zu, das einen Moment laut pfeift.

„In welchem Verhältnis stehen Sie zu dem Angeklagten?", fragt der Staatsanwalt überfreundlich.

„Ich bin seine Mutter", antwortet die Frau.

Es ist ganz still in dem kleinen Saal, nur das Geräusch von Stiften, die übers Papier kratzen.

„Sie sind Alleinerzieherin?", fragt der Ankläger.

„Ja", sagt die Frau.

„Wann ist Ihr Gatte verstorben?“, fragt der Mann im schwarzen Mantel.

„Vor nicht ganz zwei Jahren“, sagt die Frau.

„Können Sie genauere Angaben machen?“

„Nun ja, es ist wohl ein Jahr und…“

„Ich meine, können Sie das Datum angeben?“

„15. November 1989“, sagt sie.

„War es das Übliche, hätte ich fast gesagt - Herzversagen?“

„Ja, es war ein Infarkt“, antwortet die Frau.

„Welche Auswirkungen hatte das auf den Angeklagten?“

„Nun, wir empfanden es beide als eine große Härte.“

„Das kann ich gut verstehen“, sagt der Mann im schwarzen Mantel mitfühlend, als wären sie beide Verbündete. - „Nun, würden Sie sagen, dass es den Angeklagten irgendwie veränderte?“

„Ja, es ist wohl kaum möglich sich nicht zu verändern, wenn jemand…“

„Doch, das verstehe ich. Aber über das hinaus, was Sie als normal ansehen würden - das ist es, was ich eigenlich meine - hat er sich mehr verändert, als Sie es unter den gegebenen Umständen für normal halten würden?“

Ich höre und höre doch nicht. Als stünde ein Radio im Nebenraum, es ist unvermeidlich, dass du jemanden reden hörst, aber du blendest das, worüber gesprochen wird, aus. Den Tod. Der Staatsanwalt hat Angst vor dem Sterben. Er redet drum herum, verwendet Ausdrücke wie „Umstände“, „als das geschah“, „ausgelöscht“, „verschieden“. Er hat Angst vor dem Tod - wie die meisten Leute - Leute, die den Tod nicht aus der Nähe erlebt haben. Für sie ist der Tod ein Wort aus den Schlagzeilen, während sie ihren Frühstückskaffee trinken. Für sie ist in den Ferien der Tod eine ernste Stimme im Radio – „nehmen Sie Verbindung mit Ihren Angehörigen auf“ –, irgendwo ist jemand gestorben, ist heimgegangen, verschieden, entschlafen. Diesmal hat es nicht uns gegolten, denkt der Mensch glücklich und beißt in sein Brötchen. Wie eine umgekehrte Lotterie, man ist glücklich, solange man nicht selbst gezogen wurde. Denn früher oder später stirbt jemand, den wir kennen, früher oder später sterben wir selbst. In der Zwischenzeit machen wir einen großen Bogen um diejenigen, die den Tod aus der Nähe erlebt haben. Wie unsere unmittelbaren Nachbarn in der Stadt. Das Begräbnis liegt schon mehrere Monate hinter uns. Mutter unterwegs zur Straßenbahn. Ein entgegenkommender Nachbar sieht sie, gerät in Panik, als käme der Tod selbst auf ihn zu. Er sieht demonstrativ auf die Uhr, oh, so spät ist es schon, rennt an Mutter vorbei, während er in der Tasche nach etwas sucht und gleichzeitig in die Morgenzeitung guckt.

Beileid. Beileid. Beileid. Beileid. Wir stehen vor der kleinen Kapelle. Aus dem großen Tor kommen sie, eine lange Reihe, geben uns die Hand. Erst Mutter. Beileid. Dann bin ich dran. Ein verlegenes Lächeln. Beileid. Was zum Teufel bedeutet das? Beileid? Vielleicht ist es das einzige Wort, das dem Gehirn einfällt, nachdem die Kinderstube uns zu Menschen gemacht hat, die nicht mehr imstande sind, Gefühle auszudrücken? Die Männer aus Vaters Büro – Beileid. Der amtierende Pfarrer – Beileid. Ein paar entfernte Verwandte – Beileid. Beileid. Ein neutrales und sinnloses

Wort, wenn wir es nicht schaffen, das zu sagen, was wir sagen müssten – ein Wort, hinter dem man sich ideal verstecken kann.

Beileid – jetzt ist es leider aus mit all diesen netten Einladungen. Weißt du, Traditionen können ja nicht ewig fortgeführt werden. Beileid, ach, wir haben deinen Mann ja so gern gehabt. Beileid, die traditionelle Weihnachtsgesellschaft sagen wir ab, sind in letzter Zeit ja so viele dahingerafft worden, das stimmt nur wehmütig. Nächstes Jahr nehmen wir die Tradition wieder auf, aber dir ersparen wir die Einladung dann. Beileid. Wenn wir etwas für dich tun können, rufe uns ruhig an – ruf du uns an, denn wir nehmen keinen Kontakt mehr auf. Beileid. Du bist ja so jung, kannst ein neues Leben anfangen – ohne uns. Beileid. Nun, in dem Haus wird wohl nicht so lange getrauert. Hast du von dem billigen Grabstein gehört? Beileid. Sie hätten hinterher eigentlich zu Hause einen kleinen Empfang geben müssen, damit die, die gern wollten, seiner hätten gedenken können. Beileid. Ja, es ist ein Jammer, dass es denen, die gern mittrauern möchten, verwehrt wird. Beileid. Nun, vielleicht sollte man es nicht aussprechen, aber sie hat ihn ja zum Schluss total überfordert. Beileid. Beileid. Beileid!

„Der Tod, weißt du, der ist nur ein alter Narr, der im Keller sitzt und Sonnenstrählchen frisst."

Wir gehen auf dem großen Friedhof den Kiesweg entlang. Vater und ich hatten nur eine Gräberrunde gemacht und überall die Blumen gegossen.

„Sonnenstrählchen frisst?", fragte ich.

„Ja, er stopft sich damit voll, schmatzt und schlürft, denn

der Tod, weißt du, ist ganz versessen auf das Sonnenlicht, das uns Menschen so sehr erfreut."

„Warum will er es dann aufessen?"

„Nun, der Tod mag eben nicht, dass wir Menschen fröhlich sind. Er kennt nichts Schlimmeres."

Wir bleiben stehen. Vater hängt die Gießkanne an ein Gestell neben den Mülltonnen.

„Aber es ist doch traurig, wenn jemand stirbt", sage ich.

„Klar ist es traurig", sagt Vater. „Aber man kann auf viele Arten traurig sein."

„Wie denn?"

„Tja, viele Menschen sind vielleicht nur traurig, weil sich das so gehört. Oder man denkt, ach, wie schlecht geht es mir doch, weh und ach, wie traurig ist es um mich bestellt, ich werde nie drüber wegkommen."

„Aber man ist doch traurig, weil jemand nicht wieder zurückkommt?"

„Du musst dir vorstellen, diese Verstorbenen sitzen auf einer Wolke und sehen alles mit an, was wir tun! Das ist doch ein schöner Gedanke!"

„Nicht alles, was wir tun."

„Doch, alles."

„Wirklich alles, Vater?"

„Hoho, vielleicht doch nicht absolut alles. Aber stell dir vor, wir sind traurig, weil wir uns um den, der gestorben ist, nicht genug gekümmert haben. Vielleicht macht das uns Menschen so traurig?"

„Vielleicht."

„Oder vielleicht sollten wir uns, weil wir ja doch alle sterben müssen – denn das müssen wir ja früher oder später –, immer so verhalten, dass die Leute, wenn sie sich an uns erinnern, nicht den Kopf hängen lassen, sondern fröhlich werden. Was hältst du davon?"

„Ich habe gehört, dass sie in manchen Ländern bei Begräbnissen singen und tanzen."

„Das ist sicher nicht dumm."

Haben wir an jenem Tag vor so vielen Jahren auf dem Friedhof so miteinander gesprochen? Ich erinnere mich natürlich nicht an Einzelheiten. Aber ich erinnere mich daran, dass das Autoradio auf dem Heimweg Jazzmusik gespielt hat. Vater hat im selben Rhythmus Gas gegeben und gebremst und aufs Lenkrad getrommelt. Als wir bei Rot anhalten mussten, schaltete er das Radio aus und sagte: „Das Wichtigste ist, dass es nach diesem Leben noch etwas gibt."

Ich hatte bis dahin noch nie einen toten Menschen gesehen. Jedenfalls keinen Menschen, von dem ich wusste, dass er tot ist. Als kleine Jungen schwangen wir uns immer aufs Fahrrad und fuhren los, wenn wir Sirenen hörten. Und wir konnten einen Autozusammenstoß in Kilometern Entfernung hören. Ich muss Hunderte Unfälle zusammen mit meinen Freunden gesehen und Mund und Augen aufgesperrt haben, wenn sie alte Damen aus den Autowracks bargen oder ältere Männer auf Bahren legten. Immer auf dem Außenring – Leute, die beim Überqueren der Straße nicht aufgepasst hatten, Leute, die auf der falschen Straßenseite fuhren – Blut auf den Scheiben, eine Perücke auf dem Rücksitz, persönliche Habe weit weggeschleudert – Polizeibeamte, die uns aufforderten, uns zu verziehen. Es war etwas Magisches an Unfällen, an den Unfällen anderer. Einer aus unserer Schule hatte einen Bruder, dem es auf den Straßenbahnschienen passiert war. Beide Beine ab, knirsch und weg – Rollstuhl und Krücken, aus mit Slalom in diesem Leben. Wie hatte er es geschafft, überfahren zu werden? Es gab viele Geschichten. Vom Straßenbahnschaffner, der dem Jungen ein Handzeichen zum Überqueren gegeben hatte und dann voll durchstartete. Oder vom Vater, der die ganze Familie mit Slalomtraining, Tennistraining, Leichtathletiktraining terrorisierte – die einzige Möglichkeit, dem zu entkommen: ein Ausflug unter die Straßenbahn.

Unfälle. Vater war der Schlimmste. Weit weg eine Sirene und Vater sofort in Schwung – „Feuerwehr! Kommt! Schnell ins Auto!" Wir also los, um Häuser abbrennen zu sehen, während Familien weinend davorstanden und die Kinder aufgeregt fragten, wo der Wellensittich wohl sein mochte. Es gab Straßenbahnentgleisungen, Katzen auf Bäumen und Frontalzusammenstöße. Erinnre mich besonders an einen Motorradunfall, der uns auf dem Heimweg vom Kino unterkam. Vater, ich und einer aus meiner Klasse. Als wir vorbeikamen, stand ein Haufen Leute im Kreis auf dem Gehsteig. Der Krankenwagen war noch nicht gekommen. Aber eine Menschenmenge stand neugierig herum. Zwischen den Menschen lag ein Junge, der mit den unmittelbar bei ihm Stehenden sprach, alles wirkte völlig normal – jemand versuchte ihn zu trösten – sagte, die Ambulanz komme bestimmt gleich, es sei alles in Butter und solchen Quatsch, der einem in der Geschwindigkeit einfällt. Ein gut angezogener junger Mann stützte seinen Kopf. Ganz normal – bis du entdeckt hast, dass sein eines Bein zusammen mit dem Helm in einiger Entfernung auf dem Pflaster lag. Wir haben hinterher lange darüber gesprochen. Was für ein Gefühl mag das sein, ein einzelnes Bein aus dem Rinnstein aufzuheben?

Ich hoffe, ihr habt etwas daraus gelernt, meinte Vater auf der Heimfahrt. Wir waren in dem Alter, wo Ausdrücke wie Hubraum, Vergaser und Trimmen in unseren Gesprächen immer öfter eine Rolle spielten.

Vielleicht war der Mann tot, den sie aus dem Lokalzug trugen? Ein alter Mann im Mantel. Sie öffneten den Reißverschluss seiner Strickjacke, legten ihm irgendwelche Dinger auf die Brust und gingen gewissermaßen ein wenig auf Abstand. Der Mann zuckte – sie warteten ein paar Sekunden und wiederholten das Ganze. Schließlich hoben sie ihn auf eine Bahre und fuhren weg. Keine Sirenen, aber deswegen musste der Mann ja nicht unbedingt tot sein.

Hatte immer Angst davor, dass meine Großmutter einfach so ohne weiteres sterben würde. Großmütter sterben ja angeblich immer demnächst, sie haben doch kaum etwas anderes im Kopf – ach ja, meine Zeit ist wohl bald abgelaufen, macht euch in den Sommerferien keine Gedanken um mich – das sind so die Sachen, die Großmütter der Familie entgegenschleudern, um deren schlechtes Gewissen anzuheizen. Sie saß oft schlafend im Schaukelstuhl. Das Kinn klappte von selbst herunter und die Augen waren immer halb offen, wenn sie in dieser Haltung eingeschlafen war.

Jetzt ist sie tot, dachte ich jedes Mal, wenn ich in ihr Zimmer kam und sie so antraf. Aber statt zu ihr hinzugehen, ihr über die Wange zu streicheln oder ihr den Puls zu fühlen, wie sie es im Fernsehen machen – wenn sowieso schon alle wissen, dass da kein Puls mehr schlägt, denn das hört man an der Musik –, verzog ich mich lieber in die Küche oder ins Nebenzimmer und machte irgendwelchen Lärm, um sie zu wecken. Keine Ahnung warum, aber ich ersparte mir das Wissen, dass sie tot war, und gleichzeitig ihren Anblick. Falls sie nicht aufwachte, brauchte ich nur irgendwo anzurufen und zu bitten, man möge die nötigen Maßnahmen ergreifen. Ziemlich smart gedacht – jedenfalls starb sie in den seltensten Fällen. Zäh wie der Teufel, pflegte Vater zu sagen. Schließlich starb sie dann doch – aber da war sie so alt, dass die Leute meinten, das sei gut so und es bliebe ihr viel erspart. Wer kann schon wissen, was hinter diesen Worten steckte.

Ich hatte bisher also noch nie einen toten Menschen gesehen, aber wenn ich es genau überlege, glaube ich, wir haben zu Hause weitaus mehr über den Tod gesprochen als andere Familien. Keine Ahnung, warum das so war – und vielleicht trügt mich auch meine Erinnerung. Vielleicht war es wegen Onkel Holbech? Tod – das Wort erinnert mich auch heute noch an ihn.

Er war wohl kein richtiger Onkel aus unserer Familie, sondern ein alter Freund meines Vaters von ganz früher. Irgendwie ein Spinner, wie Mutter und manchmal auch Vater meinte. Einmal hat er einen sauren Hering in die Kuckucksuhr gesteckt, die wir von Großmutter bekommen hatten, und dabei geschrien: Jetzt reicht's dir hoffentlich, blöder Kuckuck! Die ganze Gesellschaft lachte – außer Mutter. Der Grund war möglicherweise sein schräger Kommentar während des Mittagessens gewesen – es ging dabei um das Hühnchen, das Mutter zubereitet hatte und einen Vergleich mit der Gummiwarenfabrik Askim. Onkel Holbech war jedenfalls in den nächsten Wochen unerwünscht – bis er eines Abends mit einem Blumenstrauß für Mutter vor der Tür stand. Stolz wie der Teufel, dieser Onkel Holbech, aber zum Schluss lenkte er immer ein. Ich glaube, das war sehr klug von ihm.

Eines Tages war es ganz still im Haus. Meine Eltern saßen nicht im Freien, obwohl es ein schöner Sommerabend war. Mutter weinte, Vater hatte sich einen Drink gemixt.

„Was ist los?", fragte ich.

„Nichts", sagte Mutter.

„Onkel Holbech ist krank", sagte Vater.

„Wie krank?", fragte ich.

„Das wissen wir nicht richtig", sagte Mutter.

„Er wird sterben", sagte Vater.

Und so war es. Alles Gute, Onkel Holbech. Es war eine Geschwulst, die, wie sich zeigte, doch nicht gutartig gewesen war. Und auch Onkel Holbech sagte alles Gute. Zu allen. Schon ein halbes Jahr vor seinem Tod stellte er seine Frau immer als Witwe Holbech vor. Die letzte Zeit saß er immer nur im Liegestuhl unten am Strand, sah sich die Leute an, und seine Unterlippe zitterte mehr als früher. Manchmal ließ er sich über mich aus.

„Gott, wann wird dieser Junge wie normale Kinder schwimmen lernen? Der ist wasserscheu, hahaha."

Der Tod sitzt im Liegestuhl und macht sich einen Spaß mit mir. Bringt den Jungen ins Wasser, schließlich soll mal ein Mann aus ihm werden!

Der Strand voll Menschen. Dunstschleier am wolkenlosen Himmel. Es ist warm und schwül, wird wohl bald ein Gewitter geben, sagen die Erwachsenen. Ich sitze am äußersten Ende des langen Bootsstegs und schaue ins Wasser, das sich an der Badetreppe ruhig und beharrlich kräuselt. An einer Schnur habe ich eine Miesmuschel befestigt, und ich kann sehen, wie sich unten am Grund eine riesige Krabbe von der Seite nähert, neugierig, vorsichtig, ehe sie zubeißt. Da höre ich Vaters Stimme und ich fühle, wie Hände mich hochheben. „Zeit zu baden, Jungchen, alle andern sind schon drin gewesen, wenn du schwimmen lernen willst, musst du beizeiten anfangen."

Onkel Holbech drüben am Strand schüttelt sich vor Lachen. Vaters Hände drehen mich um und setzen mich behutsam auf die oberste Stufe der Badetreppe. Ich klammre mich am Geländer fest, während ich zwischen den Beinen hindurch die Stufen betrachte. Drei Stufen, bis ich mit den Beinen zum Wasser komme, dann ist da noch eine Stufe, die genau an der Wasserfläche liegt, und darunter nehme ich eine Stufe mit Tang und Grünalgen wahr. Ich klettre hinunter und bleibe auf der Stufe stehen, die an der Wasserfläche liegt, und schaue hinunter ins blaugrüne Wasser. Wage noch eine Stufe. Bleibe stehen. Das Wasser reicht mir jetzt bis über die Knie, die Beine sehen weiß aus wie Sauermilch.

Ich betrachte die Luftblasen, die an der Haut hängen bleiben, danke, genau diese Farbe hat eine Leiche, wenn sie irgendwann im Herbst gefunden wird, angeschwemmt am Strand. Ohne Gesicht, ohne Kleider, mit einer Art weißer trüber Suppe, wo einmal die Augen gewesen waren. Ist es wahr, dass die Aale von toten Matrosen leben?

„Los schon, nimm dich zusammen, je länger du wartest desto schlimmer wird es. Nicht denken, reinspringen, Mutter wird bestimmt stolz auf dich sein. Und du kriegst auch ein großes silbernes Geldstück, das habe ich dir versprochen. Es ist nicht die Spur gefährlich."

„Mach schon, Junge, sei nicht feige, weißt du, alle sehen dir zu. Du bist doch keine Memme, haha. Es ist nicht gefährlich und außerdem hast du ja eine Schwimmweste um."

Ich höre Onkel Holbech irgendetwas sagen und weiß, dass mir alle zusehen. Mamas Feigling, der nicht baden gehen und nicht schwimmen lernen will.

Ich wage noch eine Stufe, eiskaltes Wasser bis über den Nabel. Taste mit dem Bein, um festzustellen, ob es noch eine Stufe unter der gibt, auf der ich stehe, bekomme aber nur glatten, schleimigen Tang zwischen die Zehen. Gleichzeitig fühle ich, dass jemand nach meinen Händen fasst, den Griff ums Geländer lockert, ich muss loslassen.

Ich falle hintenüber, höre jemanden ‚na also' sagen, das kalte Wasser ist eisig an Rücken und Hinterkopf und schon verschlingt es mich ganz. Ich versuche zu schreien, bekomme aber Wasser in den Hals, in Nase und Ohren, höre das Glucksen am Trommelfell. Etwas Schlüpfriges an den Beinen. Jetzt sterbe ich, denke ich. Jetzt sterbe ich.

Dann ist der Kopf wieder über Wasser, ich huste Wasser aus, muss erbrechen, versuche wieder Luft zu kriegen. Salzwasser läuft mir aus den Haaren über die Stirn in die Augen, Vater auf der Brücke verschwommen, jemand am Strand klatscht in die Hände. Ich plansche auf den Steg zu, erwische das Geländer und Vaters Arm, der mir nach oben hilft.

„War doch gar nicht so schlimm, oder? Nächstes Mal versuchen wir's ohne Weste."

Ich klettre die Treppe hoch auf den Steg, reiße meine Schwimmweste herunter und renne mit Tränen in der Kehle landwärts. Höre Mutter rufen, höre Onkel Holbech, der etwas so Witziges schreit, dass alle am Strand lachen müssen, aber ich laufe an ihm vorbei weiter den Strand entlang auf das Haus zu, schluchzend.

Zu Mittag gibt es gebratene Makrelen mit saurem Rahm, mein Lieblingsessen. Ich bekomme den knusprigsten Fisch. Zum Nachtisch gibt es Erdbeeren mit Eis. Ich schaufle alles wortlos in mich hinein. Bedanke mich für das Essen, aber als ich aufstehen will, um zu gehen, hält Vater mich am Hemd fest und drückt mir ein großes Silbergeld in die Hand. Ich murmle danke und verlasse die Küche, gehe durch den Flur und zur Hintertür hinaus. Folge dem Steig den Strand entlang bis zum langen Bootssteg. Fühle die Münze glatt und warm in der Hand. Kein Mensch ist jetzt am Strand, nur der alte weißhaarige Kristiansen, der seine Netze säubert. Keine Boote draußen im Sund. Es ist Essenszeit und das Wasser hat seine Ruhe. Ich gehe die Lange Brücke entlang, schaue zum Haus hinauf, um sicher zu sein, dass niemand mich sieht.

Ganz am Ende bleibe ich stehen. Zögre ein wenig. Dann

nehme ich die Silbermünze in die rechte Hand, hebe den Arm langsam nach hinten, werfe das Geldstück so weit ich kann. Höre nicht mehr als ein schwaches Plopp, als die Münze ins Wasser eintaucht; irgendwo draußen im grellen Sonnenlicht.

An Land begegnete ich Onkel Holbech. Er stand allein da und stützte sich auf seinen Stock, den er in letzter Zeit immer benutzte. Winkte mich zu sich her - gesprochen hat er, glaube ich, nichts, klopfte mir nur leicht mit der Faust auf die Brust und lächelte. Ich mochte ihn gut leiden.

Dann starb Onkel Holbech. Vielleicht starb in Vater gleichzeitig auch etwas. Er wirkte in diesem Herbst jedenfalls stiller, grüblerischer als früher. Dann starb jemand aus seinem Büro, ein alter Kollege, sie hatten ungefähr zwanzig Jahre im selben Raum gearbeitet. Und dann eines Tages in der Zeitung die Todesanzeige eines von Vaters alten Schulfreunden. Eine Zeit lang starben in Vaters Freundeskreis die Leute wie die Fliegen. Hatte wohl etwas mit dem Lebensstil zu tun, dachte ich. Ich meine 40 Filterlose am Tag, ein paar Drinks auf der Terrasse, Arbeit und Stress.

Ankläger: „Der Schweiger, sagt dieser Name Ihnen etwas?"

Mutter: „Ja, ich habe ihn wohl einige Male gehört."

Ankläger: „Können Sie das ein wenig genauer erklären, was für eine Figur war dieser Mann - denn soweit ich das verstanden habe, handelt es sich um eine wirkliche Person."

Mutter: „Ja, es war dieser Samuelsen, einer der dortigen Bewohner - meiner Meinung nach eine recht harmlose Person, ich weiß nicht..."

Als wachte ich in einer mir unbekannten Landschaft auf,

als dürfte die Welt für einige Minuten sie selbst sein, als wollte ich in einen Traum zurückschlüpfen. Denn jeden Tag, jede Stunde, jede Minute wird mein Verhältnis zu dem, was rund um mich geschieht, schwieriger. Als hätte ich meinen eigenen Körper verlassen und schwebte frei im Raum, sehe ich mich selbst am Tisch zwischen zwei Anwälten in schwarzen Mänteln sitzen, sehe mich selbst; den Kopf in die Hände gestützt, ich schaue nicht hierhin oder dorthin, schaue nur abwesend vor mich hin. Jemand hat gestern Abend aus einer Zeitung vorgelesen, Stimmen in einem weiter entfernten Raum in einem Korridor: „...gefühlskalte Totschlagmaschine. Verzieht keine Miene, eher in sich selbst eingekapselt, eine dicke Schutzschicht, ein einziger Gesichtsausdruck, ein Gesicht, das nichts verrät. Leer, so unsagbar leer, nicht einmal Reue ist zu entdecken. Nicht einmal, wenn seine Mutter...“

Ankläger: „War er ein Junge, der mehr gegrübelt hat als andere?“

Mutter: „Nein, nicht dass ich wüsste.“

Ankläger: „Der Heimgang des Vaters hat ihn also nicht in dieser Richtung verändert?“

Mutter: „Nein, erst später.“

Ankläger: „Ja, erzählen Sie, was später geschah.“

Mutter: „Tja, ich weiß eigentlich nicht...“

Ankläger: „Sie brauchen nicht zu befürchten, dass das unwesentlich sein könnte. Es ist von vitaler Bedeutung, dass das Gericht sich ein möglichst genaues, ganzheitliches und zuverlässiges Bild von dem Angeklagten machen kann. Sie sagten, es sei später etwas geschehen...“

Mutter: „Ja, das heißt, er hat sich ja immer mit dem Tod beschäftigt."

Ankläger: „Auch schon vor dem Ableben seines Vaters?"

Mutter: „Nein, es war wohl eher erst in der Zeit danach. Wir haben ja viel über das gesprochen, was passiert war. Was mit denen geschieht, die sterben und solche Dinge. Es schien uns ganz natürlich, darüber zu sprechen. Ich erinnere mich, dass er sich schon damals für das mit der Seele interessierte. Aber das hat wohl nicht..."

Ankläger: „Einen Augenblick. - Sie sagten, er hat sich mit der Seele beschäftigt - meinen Sie nicht, das war für einen Jungen eher unnormal?"

Mutter: „Tja, nein, doch, das war es vielleicht. Wir haben immer wieder davon gesprochen. Ja, ich erinnere mich, dass er in der Bibliothek Bücher ausgeliehen hat über die seltsamsten Dinge und..."

Ankläger: „Können Sie sich an einige Titel erinnern?"

Mutter: „Ja, es waren wohl alles Bücher, die vom Tod handelten. Philosophie und solche Sachen, ich muss zugeben, dass dies Dinge sind, mit denen ich mich nicht so auskenne."

Ankläger: „Sie haben gesagt, es sei später etwas geschehen."

Mutter: „Nein, ich habe wohl gefühlt, dass dieses Grübeln weniger wurde, und ich habe nicht mehr daran gedacht, bis dieses Grausame passierte."

Ankläger: „Sie denken an die Morde?"

Mutter: „Ja."

Ankläger: „Was haben Sie da gedacht?"

Mutter: „Nun, mir war im letzten Jahr nie aufgefallen, dass er besonders grüblerisch war."

Ankläger: „Aber dann fing es wieder an, das Grübeln meine ich."

Mutter: „Ja, es war, als hätte mein Junge sich so gut wie über Nacht verändert. Machte eher einen zerstreuten Eindruck."

Ankläger: „Und das war in der Zeit vor den Morden?"

Mutter: „Vielleicht ein paar Wochen davor."

Ankläger: „Erzählen Sie."

Wie in einem Traum, wie in einem Schauspiel, wie in einem Film. Ich schwebe darin ein und aus, unabhängig von Kameraeinstellungen und den Anweisungen des Meisterregisseurs. Ich kenne die Repliken, ich kenne die Handlung, ein Film, den ich viel zu viele Male gesehen habe, ein Buch, das ich bis zum Überdruss gelesen habe.

Es gab da einige Jahre zu viel, als ich mich heute Morgen im Spiegel studierte. Ohne dass ich es bemerkt habe, ist mit dem Gesicht eine Veränderung vor sich gegangen, eine Art Auflösung. Ich habe in dieser Weise nicht mehr vor dem Spiegel gestanden, seit ich zehn, elf Jahre alt war. Haut, Augen, Linien und Haare genau betrachtet habe. Zum ersten Mal konnte ich in meinem Gesicht einen erwachsenen Mann ahnen. Ich sah mich selbst in zehn oder zwölf Jahren – die Haut unter den Brauen gleitet über die Augenlider herab, die Wangen hängen ein wenig über den Kiefer herunter, eine Figur aus Stearin, die zerschmilzt, während die letzten Gäste sich dankend verabschieden. Zum ersten Mal sehe ich die Züge eines erwachsenen Mannes in meinem Gesicht.

Ich habe mir oft überlegt, wann ein Junge zum Mann wird.

Wurde stutzig, wenn die Polizei nach einem Mann Anfang zwanzig gefahndet hat oder wenn jemand im Radio von einem 18-jährigen Mann spricht. Mann. Ich mag dieses Wort nicht. Mann. Anzug. Trist. Zotig. Schwein. Gesetzt. Gehetzt. Früher einmal wusste ich, wie ich aussah, ich hatte Kontakt mit meinem eigenen Gesicht, kannte die Linien, ich sah sozusagen die Konstruktionen. Ich hatte viele Male mein Selbstporträt gezeichnet. Hatte vor dem Spiegel gesessen und mit dem Bleistift gezeichnet, die Züge kennen gelernt. Hatte Unregelmäßigkeiten entdeckt, die Asymmetrie des Gesichts kennen gelernt, hatte entdeckt, dass es die Ganzheit ist, die ein Gesicht ausmacht, und hatte begriffen, warum es so schwierig ist, einen Menschen zu erkennen, wenn man nur einzelne Teile seines Gesichtes sieht. Heute kannte ich das Gesicht nicht, das mich im Spiegel ansah, und ich dachte, wenn ich ihm zu lange in die Augen sehe, werde ich verrückt.

Bis vor kurzem, bis zum Sommer vielleicht – war das Erwachsenwerden das Ziel; und die Kindheit war der Beginn – glaubte ich. Jetzt schwebe ich irgendwo dazwischen oder vielleicht ist das Terrain anders, als ich dachte? Manche sagen, dass die Menschen ein neues und größeres Muster in dem entdecken werden, was wir heute Chaos nennen. Sie sagen, dass das, was wir als Durcheinander empfinden, Teilchen von etwas viel, viel Größerem sind. Wir glauben entdeckt zu haben, wie die Welt aufgebaut ist – in Wirklichkeit wissen wir nichts.

Andere haben mir erzählt, dass wir nur als ein Darlehen der Ewigkeit hier sind. Wie traurig, dass er geboren wurde, sagen die in der Ewigkeit Wohnenden und trösten sich damit, dass er bald sterben wird, um zurückzukehren.

Die Ewigkeit. Ich sehe unsern Physiklehrer Lone in seinem braunen Arbeitsmantel mit dem Gürtel vor mir, die Brusttaschen voll roter und blauer Bic-Stifte – immer mit dem Hütchen darauf –, sehe ihn die Papiere in seine verschlissene braune Aktentasche packen, die Tür des Klassenzimmers abschließen und offensichtlich unangefochten dem Lehrerzimmer zueilen, wo er die Arbeitskleidung auszieht, die Jacke wechselt und hinausgeht, um sich in den alten roten Volvo zu setzen – der eine Strecke dreimal um den Erdball unfallfrei hinter sich gebracht hat – den roten Volvo, in dessen Lack jemand sich genötigt gefühlt hatte, ein Hakenkreuz zu ritzen. Lone der Raubauz, Polarfahrer, Abstinenzler, der Trichinen im Körper hatte, weil seine einzige Nahrung ein Eisbär gewesen war, als er auf der Bäreninsel überwinterte. Lone der Raubauz, weil er sein Auto zu Hause in der Wellblechgarage mit dem kleinen Schrägdach parkt, der Garage, die er vor zwanzig Jahren eigenhändig errichtete, nachdem er zehn Jahre davor sein kleines Häuschen mit ebendiesen Händen gebaut hatte. Ich sehe Lone, wie er das Haus aufschließt, in die Diele geht, die Jacke auszieht, Kaffee zustellt, sich gemächlich in seinen Lieblingsstuhl setzt. Trinkt eine Tasse Kaffee, schaut ein wenig fern, schlummert ein, liest kurz in der Abendzeitung, schlummert wieder, schläft im Stuhl und wacht nie wieder auf. Es ist der Tag, an dem Lone entdeckt, dass alles, was er andere gelehrt hat, jede physikalische Formel, jeder physikalische Versuch, jede einzelne verdammte

Gleichung, falsch gewesen ist. Es ist ein neues Lehrbuch herausgekommen. Es existieren weder Zeit noch Raum, steht in dem neuen Buch. Quantenphysik - es ist bewiesen, dass das Universum aus langen Strängen besteht und die Gesetze der übertragbaren Energie der Masse nicht mehr gelten. Es gibt keine Zeit, es gibt keinen Raum, alles ist eins, steht dort zu lesen. Etwas zu viel zu schlucken für Lone. Er denkt an ein Pferd, das er einmal besaß, schläft darüber ein und geht in dem auf, an dessen Existenz er nie geglaubt hat.

Und während die Mathematiker und die Astronomen weiter nach der göttlichen Formel suchen - die uns sagt, ob der Mensch von Gott kommt oder nicht - arbeiten sich Chirurgen, Psychiater und Forscher auf der Suche nach der Seele durch das menschliche Gehirn. Sie machen Schnitte, isolieren und vergrößern immer kleinere Teilchen in den riesigen Mikroskopen.

Ein junger enthusiastischer Mann beugt sich über das Mikroskop. Er bricht in Jubel aus, als er denkt, dass er das gefunden hat, was die eigentliche Seele sein muss. Aber bevor er die anderen herbeiruft, sieht er alles noch einmal genau durch, um wirklich sicher zu sein. Dann läuft er hinaus in den Korridor und ruft die anderen Forscher und die Angestellten des Instituts für Seelenforschung herbei. Doch niemand hört ihn, sie drehen nicht einmal den Kopf zu ihm hin. Die, die in seine Richtung schauen, schauen an ihm vorbei, durch ihn hindurch, über ihn weg, als wäre er unsichtbar. Da läuft er zurück zu seinem Arbeitsplatz. Dort findet er einen anderen Menschen vor, der sich über das Mikroskop beugt. Er ruft, aber der neue Mensch hört ihn auch nicht.

Er geht hin zu dem unbekannten Mann, packt ihn an der Schulter, löst aber keine Reaktion aus.

Die Ewigkeit. Ich saß in dem langen Korridor im Krankenhaus. Musste wohl eingeschlafen sein, denn jemand nahm mich behutsam an der Schulter, es war eine Krankenschwester.

„Er ist soeben gestorben“, sagte sie.

Ich stand auf.

„Er war ganz ruhig“, fuhr die Krankenschwester fort. „Ich war bei ihm. Hat einfach zu atmen aufgehört, das war alles, so ist es oft. Ganz friedlich.“

Ich nickte. Spürte einen Kloß im Hals, wusste, dass gerade dieser Augenblick wichtig war.

„Willst du ihn sehen?“, fragte sie.

„Muss ich?“, fragte ich.

„Nicht, wenn du nicht willst“, sagte sie, und jetzt lächelte sie. „Aber ich meine, du solltest. Es ist überhaupt nicht schlimm, sieht aus, als schliefe er. Sieht ganz ruhig aus, weißt du, er liegt jetzt ganz für sich.“

„Okay“, sagte ich.

Sie nahm mich an der Hand und führte mich durch den Gang und in sein Zimmer. In dem Augenblick, als ich in das Zimmer kam, fühlte ich mich ganz ruhig. Die Schwester blieb an der Tür stehen. Ich trat zum Bett.

Er war im Lauf der Woche, in der er im Koma gelegen hatte, abgemagert. Sieben Tage, seit jemand bei uns zu Hause angerufen hatte – eine Stimme aus seiner Firma – dein Vater ist krank geworden, ist im Krankenhaus, ist deine Mutter da?

Sieben Tage, seit ich mich in ein Taxi gesetzt hatte, ins Krankenhaus gefahren war und ungefähr gewusst hatte, was mich erwartete. Sieben Tage des Wartens zwischen der Hoffnung, dass alles gut ausgehen werde, und dem Wunsch, alles überstanden zu haben.

Nach drei Tagen: Untersuchungen, Elektroden und Schläuche, elektrische Apparate, Kurven und Papiere; ein Arzt, der mit uns sprechen möchte. Gehirntod, sagt er und fragt, ob wir verstehen, was er meint. Wir nicken und wenige Stunden später wird das Bett hinausgeschoben aus dem, was man Intensivstation nennt. Nicht mehr an aufmerksame Ärzte gebunden, die vor dem Schirm Wache halten, wo jeder einzelne Herzschlag grün blinkt und piept wie bei einem Computerspiel. Hinaus in eine Abteilung, wo die Leute liegen, um zu sterben.

Tage des Wartens, schwaches Flackern der Hoffnung auf etwas Mirakulöses, aber dann, nach und nach, sehnen wir uns nach Ruhe. Jetzt haben wir lange genug gelitten - wir sprechen es nicht aus, aber wir denken es und wissen, dass wir dasselbe denken, Mutter und ich. Sogar Irritation: So plötzlich bei seiner guten Gesundheit. Klammert sich ans Leben.

Und dann: allein mit einem toten Vater in einem Krankenhauszimmer. Die Zeit steht still. Er atmet nicht mehr, sie haben ihn gewaschen, die Haare gekämmt, ihn rasiert, er ist mager. Und ruhig, so ruhig habe ich ihn noch nie gesehen, denke ich. Ich fürchte mich nicht. Ich greife nach seiner Hand, halte sie fest - sie ist noch warm- , ich höre die Schwester hinausgehen und die Tür leise hinter sich schließen. Und ich erinnere mich an einen Tag vor langer Zeit in einem Auto nach einem Friedhofbesuch; es muss nach diesem noch etwas geben.

„Ich werde mich gewaltig anstrengen", denke ich und fühle, dass er weiß, was ich denke. – Gewaltig anstrengen, wiederhole ich für mich selbst. Dann drehe ich mich um und gehe zur Tür, um Mutter zu holen.

Der Schweiger

Ich wusste, dass sie mir gehörte, und ich wusste, dass sie es wusste – dass wir beide es waren, die zusammengehörten, nicht sie und Martin, nicht Kristin und ich. Es war die Art, wie sie mich anlächelte, es war, weil ich sie dauernd ein wenig zu zufällig traf, es war ihr Gesichtsausdruck, wenn Martin etwas sagte – es waren so viele Dinge, die mir zusammengenommen sagten, dass ich handeln müsse. Nicht nur weil ich sie als Erster entdeckt hatte und weil wir beide zusammengehörten – nein, auch weil Martin wilder und wilder wurde. Jetzt hatte ich tatsächlich schon Angst, dass es schlecht ausgehen könnte, dass er ihr irgendwie schaden könnte. Die Situation erforderte Taten, ich konnte nicht länger so tun, als sähe ich nicht, was ich sah.

Viel zu viele Male habe ich gespürt, dass ich nicht ganz zur Stelle war, wenn sich in meinem Leben wichtige Dinge ereignet haben, größere oder kleinere Begebenheiten, die sich später in verschiedener Weise als bedeutungsvoll erwiesen haben. Als ich kleiner war, traten solche Veränderungen gern ein, wenn ich krank war. Ich habe erwachsene Menschen die Fieberanfälle der Kindheit als eine Art Traumland mit Vorlesen und schulfrei darstellen hören. Was mir am besten in Erinnerung geblieben ist, war eher die Verzweiflung, nicht dort dabei zu sein, wo die Dinge sich ereigneten, also etwa am Fenster sitzen zu müssen und die Freunde vorbeiradeln zu sehen, ohne zu wissen, was los war. Und wenn ich das Fenster öffnete, um ihnen die Frage zuzurufen, wohin sie wollten oder wo sie gewesen waren, hatte ich jedes Mal das Gefühl, nichts mehr zu gelten, ich war von der Welt und von der Clique abgemeldet, solange ich krank war. Sie konnten mir zurufen, so viel sie wollten, ich sah ihren Gesichtern an, dass ich ihrer Welt im Augenblick nicht angehörte, als wüssten sie endlich, wo sie mich hatten. Man sollte eben nicht krank sein und in der Schule mehr als einen oder zwei Tage fehlen, denn die Welt konnte schon ganz anders aussehen, wenn man wieder da war. Man hatte zum Beispiel einen Freund, der absolut der allerbeste war, und mit dem war man sich einig, dass dieser oder jener das allergrößte Ekel war und dass ein paar andere einfach gemein waren. Aber wenn man dann nach dem Kranksein einen Tag wieder in der Schule war, konnten die Regeln sich total verändert haben. Gegner waren Freunde geworden, und somit wusste ich auch, dass alles Abwertende, was ich gesagt hatte, kein wohlgehütetes Geheimnis mehr war.

Mir fällt eine Abschlussfeier vor Weihnachten in der Volksschule ein – in der sechsten Klasse glaube ich. Jeder Schüler sollte eine Zeichnung und einen Text mit Neujahrswünschen abliefern. Die Lehrerin kommentierte die Ergebnisse in der Reihenfolge, wie sie mit Reißnägeln an der Wand befestigt wurden; Friede in der Welt, Mehr Schnee, Gesunde Eltern – und ein paar Verwegene – Die Schule brennt, Neue Slalomski. Und ein riesiger Neujahrsgruß, den mehrere Schüler gemeinsam gestaltet hatten: Frohe Weihnachten und ein wirklich gutes neues Jahr wünschen alle Mitglieder des Club 6b. – Du lieber Himmel! Gibt es ein paar, die einen Geheimclub gegründet haben, fragte ich und ahnte eine kleinere Sensation. Niemand sagte etwas – Kratzen auf Pultdeckeln, glühende Wangen, ein paar Kicherer. Der Club war zwar geheim, aber nur vor mir. Ich war der Einzige in der Klasse ohne Mitgliedskarte für den Club 6b. Sie trafen sich jeden Mittwoch und ich traute meinen Ohren nicht – sie hielten Andachten und tranken Limo – und es war ein idiotischer Pfadfinder vorn in der Fensterreihe, der das Ganze erfunden hatte und dem die Aufgabe oblag, zu Beginn jeder Zusammenkunft den Bibeltext des Tages vorzulesen. Ein smarter Kerl – hatte erkannt, dass sich in seinen Mitschülern nach und nach die Triebe regen und der Bedarf an Festen überhand nehmen würde. Die Mitglieder nahmen gern ein paar Runden mit dem Apostel Paulus in Kauf, ehe das Licht gelöscht wurde und Kusslaute den Blockflöten den Atem raubten. Das Ganze war wohl gestartet worden, als ich wegen Grippe zwei Wochen in der Schule gefehlt hatte. Einerseits war es ja unheimlich schmeichelnd, dass sie so viel Energie darauf verschwendeten, nur vor mir allein etwas geheim zu halten. Andererseits begriff ich, dass etwas in meinem Wesen mich entweder ausschloss oder aber etwas war, worauf der ganze Club sich gründete. Entweder war ich einer, den keiner mochte, oder ich war ein so toller Kerl, dass alle auf die Chance gewartet hatten, mich in aller Stille auszutricksen. Ich habe das nie ergründen können, dass aber mein bester Freund und Blutsbruder Peter – der nur einen Steinwurf von unserem Haus entfernt wohnte und mit dem ich Tag für Tag zusammen war und mit dem ich alles teilte – dass auch er mit dabei war und, der Teufel soll ihn holen, sogar mit der Kasse betraut war, das machte mich wohl widerspenstiger denn je. Ich beschloss, mich nie mehr von etwas Ähnlichem überraschen zu lassen. Und um nicht durch Zufälle ins Out gedrängt zu werden, stets auf der Hut zu sein und die sich bietenden Chancen beim Schopf zu packen. Denn das Schicksal ist ein smartes Ding – und ehe du dich versiehst, ist es schon ein großes Stück näher gekommen. Und manches Mal streckt es den kleinen Finger aus, vielleicht sogar die ganze Hand – sagt: „Das biete ich dir an, du hast die Wahl, aber überleg es dir gut." Das war es, was ich fühlte, wenn ich draußen an der Brandung saß; dass ich mich im Schnittpunkt zweier Lebenslinien befand – nicht in der Art einer Wahl, ob man sich für ein Studium entscheiden soll, ob man Tischler werden soll oder Zahnarzt. Schon die Tatsache, dass man zwischen zwei Unbekannten wählen muss – wenn das Schicksal für einen Augenblick den Fuß für dich zwischen die Tür setzt und du nicht begreifst, was du siehst. Das Schicksal ist ein smartes Ding, aber wie smart – das wusste ich damals nicht.

Ich bin zum ersten Mal allein im Sommerhaus. Mutter ist in der Stadt, um Wäsche zu waschen, kommt morgen zurück. Ich sitze mit einem Buch von Knut Hamsun in unserm alten Liegestuhl und warte darauf, dass ich begreife, worum es in der Geschichte geht. Ab und zu schweift mein Blick übers Wasser und ich registriere, dass alle Geräusche, die ich höre, sich in hoher Tonlage bewegen, und ich denke nach, ob ich nicht irgendwo gelesen habe, dass die Summe aller Töne in der Natur immer der Ton A ist. Und während ich einen Blick auf den Strand werfe, entdecke ich einen Menschen auf einer der am weitesten entfernten Bootsstege. Im Fernglas sehe ich, dass es ein Mädchen ist, sie hat langes blondes lockiges Haar, aber es dauert Sekunden, bis ich sie wiedererkenne.

Ein paarmal schaut sie auf und in meine Richtung, aber sie ist so weit weg, dass ich das Fernglas gar nicht aus der Hand zu legen brauche. Sie geht am Rand des Steges entlang und schaut ins Wasser, sie zündet sich eine Zigarette an und dann, glaube ich, hat sie mich gesehen, denn jetzt geht sie in meiner Richtung den Strand entlang. Ich lege das Fernglas weg, setze die Sonnenbrille auf und knöpfe mir die Geschichte über Nagel wieder vor, der sich mittels unverständlicher Anzeichen von Seite zu Seite verwandelt. Jetzt höre ich ihre Schritte im Kies an der Rückseite des Hauses. Ich starre beharrlich in das Buch und tue ganz konzentriert.

„Hast du gar nicht gehört, dass ich komme?“

Ihre Frisur ist eher zerrauft und sie hat kleine Sommersprossen auf der Nase, die mir bisher nie aufgefallen waren. Golden, denke ich, sie ist golden. Ich huste und sage, dass das Buch mich so gefesselt hat, aber ich glaube, sie hört gar nicht, was ich sage. Erst ist da ihr Mund; etwas geöffnet, entspannt, schneeweiße Schneidezähne mit jener Art Überbiss, mit dem Sexbomben in Zeichentrickfilmen ausgestattet sind. Dann sind da die Augen; moosgrün glaube ich, groß, aufmerksam, ich möchte sie fast lauschend nennen. Gesicht und Kopf sind lang und schmal in reiner, zarter Linienführung, sie ist nicht die Spur perfekt – nicht Fotomodell-hübsch, aber schön wie auf einem Gemälde von Leonardo.

„Bist du allein?", fragt sie, und ich antworte, Mutter ist in der Stadt. Jetzt oder nie, denke ich.

„Wie ruhig und schön es hier ist, fast ein bisschen zu ruhig", sagt sie, und ich sage irgendeinen Quatsch über Seele und frage, ob sie etwas zu trinken möchte.

„Trinken so früh am Nachmittag?", fragt sie erstaunt, und ich sage, dass ich an Tee oder vielleicht ein Glas Cola gedacht habe, aber es steht auch ein Rest Weißwein im Kühlschrank, und sie sagt, warum eigentlich nicht.

„Martin ist übrigens irgendwo im Südland, wollte wohl ein paar Schulfreunde besuchen", bemerkt sie beiläufig. Etwas zu beiläufig, fällt mir auf. Ich halte den Mund. Denn hier bin ich zu Hause und Miriam ist hier bei mir und jetzt trinken wir Wein, der auf der Stirn kitzelt und die Zunge zusammenzieht, und Miriam lacht über Sachen, die ich sage, und es ist noch mehr Wein im Kühlschrank und die Sonnenuntergangsbrise weht uns fröhlich ins Haus und ich will Musik auflegen, ende aber neben ihr auf dem Sofa. Und sie sieht mich an, ernst, und ich weiß und weiß auch nicht, schenke Wein nach, fühle warme Finger im Nacken, und bald fühle ich auch ihre Haut warm von vielen Sonnenjahren und Sehnsucht; und sie hat ein Muttermal mitten auf dem Rücken, über das ich lachen muss. Ich erkenne mich selbst nicht wieder, denn jetzt lege ich ihr den Kopf auf den Bauch und fühle ihren Puls an meiner Wange, als wären unbekleidete Mädchen für mich etwas ganz Alltägliches, und ich habe einen lichten Moment, schalte das Radio an, das klassische Musik für uns spielt, und Miriam tanzt feierlich durch den Raum, während ich ihre Brüste studiere, die in einem ganz anderen Rhythmus tanzen, und als sie es bemerkt, schüttelt sie sie noch ein bisschen mehr und wir lachen und dann ist sie wieder bei mir, fragt, ob sie nicht ziemlich braun ist, obwohl sie sich fast nie sonnt, ich nicke und trinke und schlucke und schaue auf die Grenze zwischen dem Goldenen und dem Verbotenen, auf das geheimnisvolle Dreieck in dem weißen Feld, das so weiß ist, dass es fast nicht existiert, und ich denke an Pelz.

Sie ist die Erste, doch keiner von uns stellt Fragen, wir wogen nur auf einem alten Sofa, das längst hätte weggeworfen werden müssen, gemeinsam durch zehn, fünfzehn Jahre. Und sie bedeutet sechzehn Sommerferien mit blank gescheuerten Küstenfelsen, dem Rauschen eines Bugs, der durch frühlingskaltes Salzwasser pflügt, bedeutet durch Dachrinnen glucksenden Regen und nach Diesel riechende Fischernetze in einem kleinen roten Schuppen an einem

Strand mit vielen tausend Geschichten, und wir versuchen beide gleichzeitig, Wein aus der Flasche zu trinken, es tropft ihr auf den Bauch und sie quietscht hingerissen und lässt mich den Wein ablecken, der wie ein Bächlein zum Nabel rinnt, und ich atme so heftig, dass ich fast ohnmächtig werde, es ist wie tief im Wasser zu versinken, fast einzuschlafen, doch dann komme ich zum Grund und sie steckt mir den Zeigefinger wie einen Angelhaken in den Mund und ich beiße vorsichtig zu und bin ein silberner Fisch, schaue aus der Tiefe zu dem Mädchen auf dem Sofa auf, Haut und sanfte Kurven, die mich über den Dollbord der alten Holzjolle schwemmen und mich voll Erwartung in einem Schöpfeimer zappeln lassen, bis sie mich an sich zieht und ich sie nass und salzig schmecke.

Ich weiß nicht, wann es vorüber ist, doch es ist spät und sie muss nach Hause. Ich sage, sie kann über Nacht hier bleiben, aber sie sagt, sie muss heim, hofft, dass ich verstehe, und ich lüge ein Ja. Wir gehen zusammen am Strand entlang und ich halte sie im Arm. Ab und zu bleibe ich stehen, ziehe sie an mich und rieche an ihr, schnuppre in ihrem Haar, rieche am Nacken, und sie lacht. Dann will sie baden, zieht den Pulli über den Kopf, wackelt sich aus dem Hemd und gibt mir die Kleider zum Halten. Bevor sie durchs Wasser läuft, reckt sie sich zu mir hoch, küsst mich nicht, beißt mich nur leicht in die Oberlippe. Miriam watet weiß am Rande des Wassers und ich versuche ihren Leib zu verschlingen – ihn dem Gedächtnis einzuprägen, weiß, dass es keine Worte für einen Frauenkörper gibt. Und ich entdecke, dass es nicht möglich ist, die Gesamtheit dieses Werkes der Schöpfung zu sehen, weil jeder einzelne Teil in sich selbst Schwindel erregender ist als das, was wir hin und wieder ertragen können.

Der Lichtschein. Ein Flackern. Lautlos. Immer und immer wieder. Die Augen. Starr. Ungläubig. Zu spät. Der Körper, der sich nach hinten aufbäumt. Der Mensch, der bald kein Mensch mehr sein wird. Etwas in die Höhe und dann nach hinten - langsam, so verdammt langsam, wie es zu fallen möglich ist. Kein Mensch mehr ist. Tot, tot, tot - ich weiß. Tot - tot - tot. Als lebte ich zum ersten Mal - als würde mein ganzes Leben schnell durchgespielt - weniger als eine Sekunde - ein Mahlstrom - und ich irgendwo mitten darinnen wirble, fühle, dass ich existiere, mich mit der Welt vereine, mich sammle, um mich schlage - das Böse in mir will in einem hinaus, alles zusammen, das Böse in mir. Fühle mich voller Leben und das, was ich in der Hand halte, trennt mich von ihnen, von denen, die niemals verstehen, die nicht leben, die atmen, doch ohne ein Herz sind, das für etwas schlägt - die Teufel, die mich mit verständnislosen Blicken ansehen - doch ich bin voll Leben - ich bin stärker, ich bin mehr, ich bin alles, ich lebe. Etwas rinnt mir übers Gesicht. Etwas wird gepumpt, auf mich zu gepumpt. Blut - in diesem Augenblick sind wir eins.

Jemand schreit.

Ich saß auf einem der Bootsstege, als ich den blauen Volvo um die Kurven und auf den Strand zukommen sah. Er war nicht allein. Drei andere Jungen stiegen mit ihm aus dem Wagen. Sie redeten ein bisschen zusammen und kamen dann am Strand entlang auf den Steg hinaus.

„Ach, du bist's", sagte ich und merkte, dass ich ein bisschen zu forsch klang.

„Nein, es ist der Weihnachtsmann", sagte Martin. Die anderen lachten.

„Mitten im Sommer?", fuhr ich fort.

„Tja, mitten im Sommer", bestätigte Martin.

Die anderen Jungen betrachteten mich. Einer von ihnen drehte sich eine Zigarette. Ich hatte das Gefühl, sie hatten schon von mir gehört.

„Was Interessantes passiert, während ich weg war?", fragte Martin.

„Wie man's nimmt", sagte ich gähnend.

„Na ja, es muss doch spannend gewesen sein."

„Inwiefern spannend?", fragte ich und ahnte schon, wohin das Gespräch führen würde.

„Hab Kristin auf dem Herweg getroffen", sagte Martin.

„Ach, hast du?", sagte ich.

„Hat dich länger nicht mehr gesehen, sagt sie."

„Nein, ist irgendwie nicht dazu gekommen."

„Dass du so viele Eisen im Feuer hast."

„Tja, wie man's nimmt..."

„Und nicht nur im Feuer, wie ich weiß."

„Na und? Was, zum Kuckuck, meinst du eigentlich?“, sagte ich und versuchte, einigermaßen barsch zu klingen.

„Wenn die Katze aus dem Haus ist und so weiter, das meine ich.“

„Es ist schließlich nicht mein verdammtes Problem, dass du dein Mädchen wie Dreck behandelst“, sagte ich.

„Es ist also mein Mädchen?!“

„Wohl“, sagte ich. „Aber meiner Meinung nach kann sie das selbst bestimmen.“

„Du also nicht.“

„Was denn?“

„Nicht du hast da zu bestimmen?“

„Verstehe nicht, was du meinst.“

Er sagte eine Weile nichts. Starrte mir nur ins Gesicht. Mir gefiel das verdammt wenig. Er benahm sich jetzt nicht so auf Teufel komm raus, eher etwas weniger aggressiv. Irgendwie ein bisschen traurig. Ich fühlte mich gleichzeitig als Gewinner und als Verlierer.

„Okay“, sagte er nach einer Weile. „Klar bestimmt sie, und außerdem ist mir das völlig schnuppe.“

Er machte kehrt und ging den Bootssteg entlang. Der Jüngling mit der Gedrehten schnippte den Stummel ins Wasser, spuckte auf eines der Boote und nannte mich Scheißkerl, ehe auch er kehrtmachte und den anderen nachging.

Wieder eine Kontrolle. Martin beruhigte sich, alles war wie früher – fast wie früher. Okay, es war etwas danebengegangen, aber damit konnte man leben. Martin zeigte sich von seiner besten Seite, ununterbrochen, war doppelt so charmant, doppelt so zuvorkommend, doppelt so gescheit, doppelt so witzig. Aber nie so übertrieben wie früher. Ach so, du markierst jetzt den Erwachsenen – dachte ich manchmal, schlug es mir aber gleich wieder aus dem Kopf, mein Gewissen war nicht unbedingt das cleanste der Welt, wenn man es genau nahm. Und Miriam und ich – wir – wir waren der Mittelpunkt. Wir waren wieder eine ganze Clique, wir fuhren in Booten hinaus auf die Inseln, hatten unsern Spaß auf Wasserskiern oder vergnügten uns in der Disco in Tönsberg. Der Sommer schien wieder ganz normal zu sein – gerammelt voll mit solchen Abenden, wo man die ganze Welt umarmen möchte, wo man daran denkt, wie es ist, Kinder zu bekommen, denkt, dass man irgendwann einmal, wenn man ein Star geworden ist, Menschen helfen wird, denen es nicht so gut geht. Außerdem fühlt man sich an solchen Abenden genauso, wie wenn man nach einem verdammt guten Film hinaus in den Herbstabend geht – man lebt immer noch ein bisschen in dem Film, ist innerlich noch ein wenig der Held, während die Schlussmusik einem noch durch den Kopf schwirrt. Es waren wir – Miriam – ich – die Clique – Martin. Aber irgendwo saß ein Teufel, klopfte ans Barometer und sagte: Sturm!

Wenn ich lange auf eine Sache hinstarre, ohne die Augen zu bewegen – sie nur halb schließe – kann ich Dinge kleiner werden, sie vor meinen Augen fast verschwinden lassen. Vielleicht kommt das, weil ich so intensiv auf dieses eine Ding starre und dadurch das Gefühl für meine Umgebung verliere, für Raum und Perspektiven, und das von mir Angestarrte genauso gut einen Kilometer entfernt als auch direkt vor mir liegen könnte. Das entdeckte ich einmal beim Fernsehen. Ein langweiliges Programm, nur ein Mann, der aufrecht dasaß und über etwas sprach, das mich nicht interessierte. Trotzdem blieb ich sitzen, starrte den fremden Mann an, bis mir auffiel, dass er mit einem Mal im Hintergrund verschwand, ein kleiner Punkt wurde und ganz unvermittelt wieder da war. Aber selbst wenn ich die Augen zusammenkniff und mich konzentrierte, brachte ich den Mann nicht noch einmal zum Verschwinden. Mit der Zeit gelang mir dasselbe im Klassenzimmer. Ich konnte die Lehrerin anstarren, bis ich in eine Art Trancezustand geriet und das Gefühl für Zeit und Raum verlor – und dann verschwand sie mir fast vor den Augen – ein Pünktchen weit, weit weg. Jetzt starre ich den Mann im Zeugenstand an. Er ist etwa fünfzig Jahre alt, er hat halb lange Haare, vorne recht dünn. Nichts ist schlimmer als erwachsene Leute, die nicht merken, dass ihre Jugendzeit vorbei ist. Er trägt einen Rock mit Aufschlägen an den Ärmeln, Jeanshosen und Boots. Ich glaube, er fühlt sich einigermaßen rocky. Ich habe mit ihm gesprochen – viele Male. Er ist ein Fachmann. Sein Job ist es, mich zu verstehen zu versuchen. Leeres Geschwafel, Worte, Fragen, fade Witze, Schmeicheleien, kollegial - aber nur zum Schein. Denn zwischen ihmund mir liegen tausend Jahre. Egal, wieviel Teenie er zu sein versucht, egal, wie viele Male er „geil“ und „cool“ sagt - es liegt ein Meer zwischen uns. Ein Meer von Erlebnissen, von Zeit, Dingen - von Unterschieden. Wohl konnte ich seine Stimme manchmal von weither hören, aber ich brachte ihn nie zum Verschwinden. Du starrst mich so merkwürdig an, sagte er oft. Nein, er verschwand nie - der alte Mann im jugendlichen Outfit. Und jetzt steht er im Zeugenstand. Spricht mit sanfter Stimme. Er sagt, ich habe viel von einem Träumer. Er erzählt, dass ich viel Zeit aufs Denken, Philosophieren verwende, dass ich aber einen Haken brauche, an dem ich meine Gedanken aufhängen kann, ein Ventil, sagt er. Denn meine Gedanken zerstieben in alle Richtungen, mir fehlt eine Landkarte, die mit dem Terrain übereinstimmt. Ich finde ihn flach. Für mich ist er Kacke, und jetzt redet er von mir und Vater, von mir und dem Tod, von mir als Einzelkind, von mir, der ich von Lebenskünstlern umgeben war und von dominierenden erwachsenen Männern mit Speed, wie er sich ausdrückt. Ich fühle mich, als würde ich auf einer Bühne vor Tausenden Menschen operiert. Etwas in meinem Inneren wird entfernt, ohne dass ich Widerstand leisten kann. Der Mann in der zerknüllten Jacke hat sich etwas ergaunert, etwas, das mir gehört, und jetzt hält er es vorzeigend und erklärend dem Publikum hin. Ich höre die sanfte Stimme, starre sein zerknülltes Äußeres an, starre intensiv, aber er verschwindet auch jetzt nicht.

August. Kürzere Tage. Der Sommer nähert sich seinem Ende. Die Abende kommen früher – die Nächte sind dunkler. Meeresleuchten.

Es ist der Tag, an dem Samuelsen auf einem Waldpfad tot aufgefunden wurde. Lag einfach da und glotzte seelenlos in den Sonnenschein, jemand meinte, er habe schon seit gestern Abend dort gelegen. Erstickt an dem eigenen Erbrochenen. Der Schweiger.

Es ist Nachmittag. Lasse, Agnar, Joffe und ich sitzen im Inselbus. Wir wollen zu einem Fest irgendwo auf Nötterö. Bei einem, den ich von zu Hause in der Stadt kenne. Alle sind eingeladen, wir sind schon vorausgefahren, die andern kommen später. Martin hat von irgendwelchen Freunden seines Vaters einen Cabin-Cruiser geliehen bekommen. Miriam wird mit Martin und den anderen nachkommen.

Es ist sieben Uhr abends. Nur einige wenige Einheimische im Bus – der Busfahrer versucht uns zu überhören – Konzert während der Fahrt. Wir haben bei den Campern gesessen und Halmwodka getrunken. Agnar hat schon einen Schwips, erzählt Geschichten, die keiner für wahr hält.

„Teufel nochmal, habt ihr schon von dem Busfahrer gehört, der Doffa und seine Kumpels abgesetzt hat? Kam zu spät heim – der Vater dreht durch, fährt aus der Haut, verklagt die Bus-Gesellschaft, purer Wahnsinn, der Chauffeur vom Dienst beurlaubt, schließlich gefeuert – pfui Teufel, ob er's wohl bereut?“

Ich spreche nicht mit den anderen, höre sie nur, während die Telefonmaste am Fenster vorbeifliegen – folge den Leitungen mit den Augen – sie hängen von Mast zu Mast durch. Ich denke an den Schweiger. Ich denke an Vater. Und Miriam. Sie kommt später – soll sie doch während der Fahrt neben Martin sitzen. Mir auch recht...

Jemand stupst mich in den Rücken, ich drehe mich um und übernehme die Flasche, trinke zwei lange Züge, fühle den Schnaps am Zungenrand brennen. Nehme noch einen Schluck und lasse die Flasche weitergehen. Miriam. Bin doch verdammt nicht abhängig von Miriam.

Ich sehe mein eigenes Spiegelbild im Fenster, und ich denke darüber nach, wie es sein muss, in der eigenen Kotze zu ersticken.

Es ist einfach, hinterher so zu denken, dass ich, schon als wir auf das Fest kamen, ein eigenartiges Gefühl hatte. Eine Art Vorahnung? Hätte ich begreifen müssen? Hätte ich an der Tür kehrtmachen müssen? War das wie ein Film, wo alles, was geschieht, der Handlung in der letzten unumgänglichen Szene entgegensteuert – Showdown? Hätte ich aufstehen und gehen können?

Ich sehe uns den kurzen Kiesweg zur Haustür hinauftorkeln. Ich sehe meinen Rücken, sehe mich selbst vor dem riesigen Haus, wir wohnen nicht hier, gehen aber trotzdem auf die Tür zu. Ich glaube, ich höre von drinnen Musik. Und dann sind wir drinnen. Die Tür schließt sich hinter uns. Die Luft in der Diele ist dick vor Rauch. Der Bass bummert durch die Zimmerwände. Ein Jüngling taucht auf der Treppe zum ersten Stock auf. Rote Haare, Pickel, Halstuch und Anorak mitten im Sommer. Herman Schröder, ich kannte ihn aus alten Tagen vom Slalomtraining. Verschwitzt.

„Kommt schon rein, hier ist volle Rolle. Kenne hier wahrscheinlich nicht mal alle, aber was soll's, ich heiße Herman. Herman Schröder, ein R, ein N."

Wir blieben eine Weile an der Zimmertür stehen, verschafften uns einen Überblick. Nur lauter Osloer, ich kannte viele von Partys in der Stadt – aus Häusern, wo die Mädchen Sissi, Mary, Cilli und Susi hießen oder irgendwelche anderen nicht allzu intelligenten Rufnamen hatten.

Durch die Tür drängelten sich neue Gesichter, mindestens zwanzig. Herman schon fast überfordert.

„Ja, klar, kommt nur rein, kommen etwa noch mehr?"

Die Musik wurde gedämpft. Herman stand auf dem Zimmertisch. Rede!, riefen alle im Chor. Schröder will eine Rede halten.

„Beruhigt euch schon", sagte Herman nervös. „Fabelhaft, dass es hier allerlei Leute gibt, die ich nicht kenne, wir können die Fete trotzdem genießen. Nur eins: Versucht nur ja nicht, unten die Tür zum Weinkeller aufzubrechen, die ist seit dem letzten Mal fest verschlossen."

„Brecheisen", brüllte Joffe.

„Kuhfuß und Rammbock", schrie Agnar.

„Halt's Maul", forderte Herman weitaus kleinlauter und mit wesentlich mehr Ernst hinter den Pickeln. „Das Zweite ist die Waffensammlung, dass ja keiner sie anrührt!"

„Waffen", heulte ein Kerl aus Tåsen auf und machte den Hitler-Gruß. „Torgeir, hier gibt's Waffen, mein Gott!"

Geschrei und Gelächter, Herman verzweifelt. Alle in den Keller hinunter. Die Waffensammlung hing schon nicht mehr an der Wand. Einer der Jungens aus Tåsen war in mittelalterlicher Ritterrüstung und einer zwei Meter langen Lanze schon fast durch die Tür zum Weinkeller durch.

„Haltet Schröder fest“, schrie jemand.

„Sperrt ihn ins Badezimmer“, schlug ein anderer vor.

„Herman in die Badestube“, quäkte Torgeir aus Tåsen.

Es war ein ordentlicher Weinkeller, Flaschen vom Boden bis zur Decke, um den Hals Zettel mit Hinweisen. Die Angestaubten gingen als Erste weg. Torgeir aus Tåsen demonstrierte, wie sie im Adlerhorst Weinflaschen geöffnet hatten, damals brauchte man keinen Korkenzieher. Drückte den Kork einfach mit dem Bajonett in die Flasche. Weinspritzer bis zur Decke, auf weißen Stehkragen und auf dem Fußboden.

„Achtung!“, schrie ein anderer und schlug einen staubigen Flaschenhals auf dem Regalrand entzwei.

Boote auf dem Fjord, mehrere Menschen von der Anlegebrücke herauf, mehr Bier, lautere Musik, aber Herman Schröder hatte es längst aufgegeben, an der Tür Wache zu halten. Neue Gesichter strömen herein, manche sind älter, manche sind jünger. Miriam nicht unter ihnen. Martin auch nicht. Dauert bestimmt verdammt lange, den Seeweg zu kommen – werdet schon sehen, bald sind sie hier.

Ich lümmle mit einer Flasche Bier in der Hand rücklings auf dem Sofa und bin nur eine Ahnung bei der Sache, als ein Mädchen mit langen schwarzen Haaren die Tür öffnet und ins Zimmer blickt. Sie hat etwas Asiatisches an sich – fremder Vogel. Sie steht dort in der Türöffnung, jetzt durchquert sie den Raum, und wie's der Teufel haben will, ist da noch ein freier Platz auf dem Sofa. Neben mir. Ich weiß nicht, ob sie hübsch ist, aber sie hat etwas Gewisses an sich, sie wirkt älter, ihr Lächeln umfasst den ganzen Raum, sie lächelt überlegen, sagt nichts, lächelt nur, weiß etwas, das wir anderen nicht wissen, ist überhaupt zu smart, den Mund auf unserm Niveau aufzumachen. Sie geht auf den freien Sofaplatz zu, ich weiß nicht, ob sie mich ansieht, aber da kommt Agnar mit einer riesigen Salamiwurst in der einen Hand und einem Bier in der anderen angeschusselt. Er schreit etwas von Plünderung des Kühlschranks, während er von der anderen Seite auf den freien Platz auf dem Sofa zutaumelt. Ich bin schnell, setze Agnar gegenüber ein Gesicht auf, das bedeutet, hau-ab-zum-Kuckuck, ich erklär's dir später, und ausnahmsweise kapiert er und torkelt in eine andere Richtung. Ich fühle, wie jemand sich neben mich aufs Sofa setzt, und ich beuge mich zum Tisch vor, angle mir die Bierflasche, während jemand fragt, ob ich Feuer habe.

Etwas mit einem Schlafzimer, etwas, das in einem Bett passiert ist. Der Abend schien eine einzige Minute gewesen zu sein, alles war zusammengerührt zu einer Suppe aus Eindrücken; hinterher konnte ich mich an das meiste erinnern, was passiert war, aber nicht, wann es passiert war, konnte mich nicht erinnern, was wozu geführt hatte. Aber durch den Nebel sah ich sie ganz deutlich vor mir, konnte die Hände in all dem Verschwommenen ausstrecken und fast noch ihre Haut an den Handflächen fühlen. Sie: warm wie im Fieber, eine Bluse mit Reißverschluss im Rücken, und ich: wie in einer schlechten Komödie, fummle am Reißverschluss und irgendwann geht das verdammte Ding auf, freie Bahn, die Hand darunter, fühle Flaum auf ihrem Rücken, tätschle und streichle sie zärtlich, weiß, das muss ich tun, tätschle herum und nähere mich Millimeter für Millimeter, noch dreißig Zentimeter, noch fünfzehn, zehn, fünf - fühle die Rippen, uuuuh, du kitzelst - sie entzückt, jetzt bin ich gleich da, doch dann kommt der Zeigefinger zurück von der Erkundung, voller Rückzug, sie trägt einen BH. Und dann, nach der peinlichen Unterbrechung, die Hand zurück zum Rücken, bastle am Verschluss - woran, zum Kuckuck, denken die, die solches Zeug konstruieren, man braucht ja eine Gebrauchsanweisung, um solche Ausstattungen zu öffnen. Da aber kommt ihre Hand zu Hilfe und das Häkchen geht auf und sie lässt den ganzen BH verschwinden und macht die Bahn frei, ich schlucke, und die Hand strebt dem Ziel diesmal schneller entgegen, ein kurzer Halt bei den Rippen, ehe sie weiter dem Ziel entgegengleitet, zehn, neun, acht, sieben, fünf, zwei, und da, etwas Weiches füllt meine Hand, groß und weich, wie trockenes Gelee mit etwas Steifem und Seltsamem in der Mitte, etwas Unverschämtem, das in der Handfläche kitzelt, während ich die Hände vorsichtig fühlen lasse, während ich ihr ins Ohr flüstre: Schöne Brüste hast du. Ich spüre eine Hand, die an meinem Hosenschlitz fummelt, eine Hand in der Unterhose. Ich denke an eine Kuh, die gemolken wird, und jetzt will ich sie erforschen, bin dreister geworden, öffne die Knöpfe ihrer Hose, sie hilft mir, und bald habe ich die Hand dort, genau dort, und sie ist warm und feucht und lenkt meine Hand – ich fühle und fühle, und während ich an all dies Schwindelerregende denke, fummelt meine Hand fast im Leerlauf, und ehe ich reagiert habe, steht sie auf, knöpft Hose und Bluse zu und ist unterwegs zur Tür, lässt mich im Bett zurück, wo ich wie ein König einschlafe, aber davon aufwache, dass jemand im Schlafzimmer steht und mich auslacht und sagt, ich soll aufstehen. Es ist Joffe, und er hat eine Frau unterm Arm, sie ist beduselt, trinkt den Schnaps direkt aus der Flasche und hat einen Zigarettenstummel in der Hand. Ich liege im Bett und sehe zu, wie ihr der Schnaps übers Kinn den Hals hinunterläuft und dann in die Bluse, und ich stehe auf, fühle mich elend, tappe in ein Bad, das neben dem Schlafzimmer liegt, habe den Mund voll Flüssigkeit, möchte speien und beuge mich über den Klositz, schaffe es aber nicht zu erbrechen, erst als die Tür aufgeht und ein Mädchen auf das Waschbecken zustürzt, gleichzeitig kotzt und heult und kotzt und hustet; da fühle ich, dass etwas den Hals herauf unterwegs ist, spüre den Geschmack von Magensäure und sehe die letzten vierundzwanzig Stunden sich in das Becken ergießen.

Miriam saß in der Küche. Sie saß zusammen mit drei oder vier anderen Mädchen um einen Tisch, ich hatte den Eindruck, dass sie kicherten, als ich an der Tür stand. Ich versuchte sie anzulächeln, aber sie sah mich nur mit einem Blick an, den ich nicht verstand, als wisse sie überhaupt nicht, wer ich bin, und dass ich ihr kein Theater vormachen solle. Ich nahm mir ein Dosenbier aus dem Kühlschrank, riss es auf und setzte mich neben sie. Die Mädchen sprachen über Lehrer, die mir kein Begriff waren, und von Leuten, die ich nicht kannte, und lachten über Dinge, die ich nicht verstand. Nach und nach kamen immer mehr Leute in die Küche, und die Gestapoisten aus Tåsen schmissen alles, was sie finden konnten, in einen großen Topf auf dem Herd, um zu demonstrieren, wie gut das Essen in Auschwitz gewesen war.

Dann stand der große Bruder Schröder in der Tür.

„Ich wüsste nur zu gern, Herman, ob du hier noch die Kontrolle über alles hast. An sich ist mir das piepegal, Hauptsache, alles ist morgen um vier paletto, wenn die Eltern nach Hause kommen."

Jonas Schröder, achtzehn Jahre, Versuchsgymnasium, Anzug, Mantel und alle Neil Young-Platten. Spielte Schlagzeug in einer Band; blies sich die Haare aus der Stirn, holte sich ein Bier aus dem Kühlschrank, fragte nicht einmal, ob es jemandem gehörte, witzig wie der Teufel, ganz klar. Die Mädchen wanden sich auf den Küchenstühlen. Die Jungens hielten den Mund, kannten ihre Grenzen. Jonas Schöder war hier und jetzt der Boss. Ich sah Miriam vorsichtig an, die das einzige Mädchen am Küchentisch zu sein schien, das nicht total von Jonas Schröder hingerissen war. Sie kratzte desinteressiert an der Tischplatte. Etwas zu desinteressiert, dachte ich und verließ die Küche. Setzte mich zu den anderen drüben in der Stube, bekam ein Glas Wodka von Joffe, der fast die ganze Zeit unter einer Decke lag und mit seiner neuen Entdeckung schmuste. Ich lehnte mich im Sofa zurück und schlief ein.

Als ich aufwachte, mussten Stunden vergangen sein. Es waren nicht mehr besonders viele Leute in der Stube, und ich hatte Durst. Etwas stimmte nicht.

Konnte Miriam nirgends sehen. Ich schlenderte die Treppe hinauf – fand sie auch nicht in der Küche. Nicht in der Stube, nicht im Esszimmer, aber ihre Jacke hing noch im Flur. Ich ging langsam die Treppe zur ersten Etage hinauf. Zwei Mädchen schminkten sich im Bad. Die Toilette war frei. Die letzte Tür im Gang war geschlossen. Ein Do-not-disturb-Schild aus einem SAS-Hotel hing an der Klinke. Ich nahm den Geruch von Räucherstäbchen wahr, der durch das Schlüsselloch drang. Hörte Neil Youngs heisere Stimme. Tonight's the night. Das Licht war ausgeschaltet. Kichern. Miriam. Verdammt.

Das Fest, die Menschen, die Musik – nur Kulissen und Staffage, nehme es einigermaßen zur Kenntnis, während ich die Treppe hinuntergehe, in die Küche, die Flasche mit Strohwodka vom Tisch nehme, jemand sagt, hör auf, ich höre es von weither, setze die Flasche einfach an die Lippen und schütte den ganzen Mist in mich hinein, Stroh und alles – einfach runter. Jemand lacht, ein anderer klatscht Beifall. Dann nehme ich eine Flasche Bier und schütte auch sie einfach in mich hinein – es rauscht, ich bin allein, ich bin wütend, ich will besitzen, ich will bestimmen, aber ich bin dabei zu verlieren, die Welt braust vorbei – steht still, ich weiß nicht, aber ich bin in einem Film, meinem Film, alle sind Statisten in meinem Film.

Eines der Mädchen sagt, ich bin verrückt. Ich packe sie am Kinn und sage ach so, findest du, Süße. Küsse sie auf die Stirn, sie kichert, ich drehe mich um und gehe aus der Küche, hinaus in die Stube, schalte die Musik auf volle Lautstärke. The Doors, volle Lautstärke, Herman Schröder bittet um etwas mehr Ruhe, ich sehe ihn nur an. Okay, sagt er, dachte nur, du könntest ihn ein bisschen abflauen lassen, oder? Ich drehe lauter und die Orgel kommt, schon fast unterwegs, durch den Lautsprecher und raus in die Stube. The killer is on the road, he puts his boots on. This is the end, der Bass schwankt monoton, soweit ich die Orgel hören kann. My only friend. - The End.

Jemand fasst mich an der Jacke, ich drehe mich um. Jonas Schröder sieht mich an. Sagt, ich soll mich zusammennehmen oder ich verlasse das Haus. Ich drücke ihm den Finger an die Stirn und frage, ob ihm das gefällt. Was gefällt?, sagt Jonas, und ich sage, mein Mädchen - Miriam.

Dann wird es schwarz. Vielleicht wiederhole ich, was ich gesagt habe. Vielleicht zeige ich hinauf in den ersten Stock. Vielleicht begreift er da, wovon ich rede. Vielleicht antwortet er etwas Ähnliches wie ach so, ist das dein Mädchen, das oben in meinem Schlafzimmer liegt und mal mit dem einen, mal mit dem andern rumbumst. Vielleicht grinst er dabei, was weiß ich.

Denn jetzt ist alles nur ein schwarzes Loch, es ist weg - das Nächste, woran ich mich erinnere, ist das Gesicht.

Zuerst dieses:
Das Gesicht, das mich ansieht, die Augen, die nicht glauben, was sie sehen. Martin, der sich aufrichtet, nur in der Unterhose. Steht auf, kommt auf mich zu – die Augen...

Wie bin ich zu der Flinte gekommen, wie habe ich sie geladen? War sie vielleicht schon geladen, hat jemand es für mich getan? Vielleicht der Junge aus Tåsen? Ich hatte noch nie eine Schrotflinte geladen.

Seine Augen, ich richte die Waffe auf ihn, rufe etwas. Seine Augen bitten um Gnade – aber gleichzeitig ein kleines Lächeln, ein etwas ungläubiges Grinsen, das traust du dich nicht – ganz außen in den Mundwinkeln: das traust du dich nicht.

Keine Linien, keine Zusammenhänge – nicht einmal jetzt, mehr als tausend Tage danach. Nur dass es geschieht, dass ich mit einem Gewehr in der Hand dastehe, dass etwas in meinem Inneren dieses zum Geschehen bringt, dieses, wofür es keine Entschuldigung gibt, vielleicht nicht einmal eine Erklärung, es geschieht einfach, und ich – ich lasse es geschehen.

Licht zuckt auf.

Der Körper wird etwas hochgehoben, und dann – langsam hintenüber. Gegen die Wand – unsichtbare Kräfte ziehen ihn nach unten. Noch immer die Augen. Und dann dieses Warme, Blut, das mich bespritzt. Film.

Er sieht mich an. Er hat das Deckbett um. Sieht mich an. Einen kleinen Augenblick lang bin ich Gott. Aber der Film geht dem Ende zu, verbrennt – Publikum schreit – was weiß ich – ich bin nicht mehr zornig. Kein Richter. Ich bin leer, so leer, wie man nur sein kann, glaube ich. Etwas rinnt mir übers Gesicht, über die Wand rinnt Blut. Auf dem Boden liegt Martin, es sieht aus, als hätte jemand auf seinem Brustkorb einen Reißverschluss geöffnet. Film, denke ich. Film.

Und dann dieses:
Das Gewehr auf sie gerichtet. Weshalb? Keine Ahnung. Weil ich weiß, dass ich ihr Leben zerstört habe? Weil ich alle unsere Leben zerstört habe? Weil ich nicht will, dass das, was sie gesehen hat, sie für den Rest ihres Lebens quält? Barmherzigkeit? Romeo und Julia? Bonnie and Clyde? Wir – Miriam und ich? Film? Ist es, weil ich glaube, sie zweifelt an mir? Verachtet mich? Vielleicht vor mir kriecht? Ich weiß es nicht. Alles, was ich weiß, ist, dass ich es vielleicht nie wissen werde. Und dass ich am falschen Ort zur falschen Zeit war. Mit einem Schrotgewehr. Der Rest war weg. Es ist schwarz, es ist fort. Außer den Geräuschen. Nicht der Knall an sich. Nur der Klang in den Wänden, in den Möbeln, in der Deckenlampe. Ein zitternder schwarzer Laut als Antwort auf ein Dröhnen – ein Klang, der das färbt, was wieder schwarz ist – alles ist schwarz...

Dann bin ich am Strand – gehe an den Bootsstegen vorbei – fühle eine gewaltige Sehnsucht nach etwas, setze mich auf eine Bank. Nichts hat irgendwelche Bedeutung, ich bin tot, nichts von dem, was ich sehe, zählt mehr. Ich bin aufs Neue geboren, ich beginne mit Scratching, ich bin ein anderer. Ein neuer Film...

Wie lange sitze ich schon hier? Vielleicht eine Stunde, vielleicht nur zehn Minuten. Sirenen irgendwo weit weg. Jemand hinter mir auf dem Rasen. Eine metallische Stimme, ein Polizeibeamter, der in ein Megaphon spricht? Scheinwerferlicht auf dem Rasen, ich habe das schon früher gesehen – Tausende Male im Kino. Aber sie haben keine Waffen, es sind nicht viele. Nur ein Mann kommt und setzt sich neben mich. Er zündet sich eine Zigarette an, hält mir das Päckchen anbietend hin. Ich schüttle den Kopf. Er inhaliert, raucht und schaut in die Luft. Es ist, als hätten wir uns schon viele Jahre gekannt.

Dann hat er die Zigarette halbwegs ausgeraucht. Er steht auf, wirft die Kippe auf die Erde und tritt sie mit dem Fuß im Sand aus. Er sieht mich an.

„Komm. Gehen wir", sagt er nur.

Mehr als tausend Tage her. Weißt du noch, Miriam, wie wir draußen am Ende der Welt standen und die Brandung fühlten? Wie das Meer gleichsam verschwand, sich in die Tiefe zurückzog, als wolle es sich untertänig vor den Dünungen verneigen, die über die Felsenküste hereinbrachen. Wie das Salzwasser über die grün überwachsenen Hexenlöcher hinschäumte in regelmäßigen – durch Millionen Jahre entwickelten – Mustern über den Felsen spülte, jedes Mal, wenn es an Land schwappte und kalt unsere Knöchel nässte, in den Taschen des Gesteins ein wenig Wasser hinterließ. Wie Reste von Tang, Milchkartons und Treibholz zentrifugiert und zu kleinsten Teilchen zermahlen wurden, die in der Tiefe verschwanden. Wie die halb tote Krabbe an Land erbarmungslos hin und her gespült wurde, nach jeder Runde etwas mehr deformiert. Wie du die arme Krabbe retten wolltest, von der bald nur noch Fetzchen übrig waren. Wie du tapfer auf die Brandungswellen zu klettertest und dabei versuchtest, dich an dem glitschigen Felsen festzuhalten. Erinnerst du dich, wie ich schrie, meine Stimme aber übertönt wurde vom Brausen der See, oder hast du einfach getan, als hörtest du nicht, dass ich rief. Erinnerst du dich, wie mich der Zorn packte? Und die Angst? Vor allem die Angst? Und wie wir es vor uns sahen, an Land gespült zu werden als Schiffbrüchige, ich glaube, wir sahen darin etwas Romantisches. Symbolisches? Kaum. Aber wir malten es uns gegenseitig aus, sahen uns selbst an Land geschwemmt, wieder hinaus ins Meer, in die See, zurück und gegen die Steine geschleudert, hinausgezogen zu werden und hinab in die Tiefe. Ich glaube, einem aus deiner Klasse war das passiert, die Menschen standen an Land und konnten nichts tun. Er hatte eine Schwimmweste um, und vielleicht hat die ihm am allermeisten geschadet, da sie ihn an der Oberfläche hielt, verwundbar. Jedenfalls nahm er sie ab, ich glaube, das hast du erzählt. Dass der arme Junge aufgab, die Weste abnehmen konnte, lieber auf den Grund sinken, ertrinken wollte, als so brutal gegen die Felsen geschleudert und langsam, aber sicher Stück für Stück zerschmettert zu werden. Ich weiß nicht mehr, ob er überlebte, vielleicht hast du mir den Schluss nicht erzählt, vielleicht hat es so einen Jungen überhaupt nie gegeben, ich weiß es nicht, aber wir bekamen bei dem Gedanken alle zwei eine Gänsehaut. Oder war es die Sonnenuntergangsbrise, die unsere Haut noppte, als wir dort saßen und uns den Alpträumen hinter dem alten Leuchtturm hingaben, der den Seeleuten in früheren Zeiten zur Navigation diente?

Und erinnerst du dich an damals am Sonnwendfeuer? Leute, die Ziehharmonika spielten, Leute, die lachten, Schnecken im Sund. Dort hast du gesessen, weißt du es noch? Du hast ein paar Worte zu dem gesagt, neben dem du saßest, und dann kamst du herüber zu mir, setztest dich einfach hin, ohne etwas zu sagen. Und so saßen wir wohl eine halbe Stunde, bevor wir zusammen aufstanden und über die Insel gingen bis zu einem Felsen, von dem aus wir Aussicht nach allen Richtungen hatten. Wir waren schon früher zusammen dort gewesen, viele Jahre davor – erinnerst du dich? Und erinnerst du dich, wie du mir einfach den Finger auf den Mund legtest, als wolltest du sagen, pschsch Junge, du brauchst nichts zu sagen. Erinnerst du dich, wie ich verrückt nach deinem Finger war? Sicher weil ich es nicht wagte, dich zu umarmen, dein Gesicht zu liebkosen, jedenfalls nicht zu Anfang, aber ich bemerkte andere Dinge, den zarten Flaum auf deinen Armen, und deinen Finger, die Finger, die Hand – so unfassbar klein, puppenhaft, dachte ich wohl, und ich weiß noch, dass wir unsere Hände eine an der anderen maßen. Es war fast, als machtest du deine Hand kleiner, nur um mich zu erfreuen, ich hatte jedenfalls den Eindruck, dass meine Hand fast einem Mann gehören könnte. Deine Augenbrauen – ich küsste deine Augenbrauen, lutschte daran – ich erinnere mich, dass du lachtest und sagtest, ich hätte komische Einfälle.

Es kommt Rauch aus dem Schornstein des weißen Hauses unten am Strand, kannst du es sehen? Fremde Menschen wohnen jetzt in den kleinen Zimmern. Was meinst du, haben sie die Hexe entdeckt, die sich im Rankenmuster an der Wand neben der Leselampe versteckt? Glaubst du, sie haben entdeckt, dass man hören kann, was im Zimmer darunter gesprochen wird, wenn man das Ohr an den Kleiderschrank legt und den Atem anhält? Und glaubst du, sie haben das Taschenmesser gefunden, das ich unter einer der Steinplatten auf der Terrasse versteckte?

Samuelsen – gibt es überhaupt noch jemanden, der sich an diesen Wundersamen erinnern mag? Denn seine kleine rote Hütte ist weg – sie wurde vom Grundeigentümer abgerissen und beim großen Mittsommerfeuer verbrannt, während die Menschen sangen und lachten. Der Schweiger. Tausend

Sorgen, tausend Fragen, keine Antwort. Die Asche streuten sie ins Meer.

Verdrängen. Die Richtung verlieren - nicht verstehen, ist vielleicht das die wirkliche Strafe? Können die schwarzen Löcher jemals zu Bildern werden?

Mehr als tausend Nächte, in jeder einzelnen Nacht bete ich darum, einen Zusammenhang sehen zu dürfen, nur für eine kurze Sekunde - dem Pfad folgen zu können, der mich in das Dunkel führte, etwas zu sehen, woran ich mich festhalten kann, ein einziges Bild, in dem ich mich sammeln kann, damit ich verstehen kann, was geschah. Damit ich bereuen kann.

Einmal hätten wir all dem davonfahren können, Miriam. Einfach an Bord eines Flugzeuges gehen, die Stadt und die Menschen unter uns verschwinden sehen können - wir zwei, zusammen auf dem Weg in eine andere Stadt in einem anderen Land, weit fort. Eine Stadt, in der die Zeit still steht, eine Stadt am Meer, mit einer kleinen Fremdenpension, in die wir gehen und auf eine alte grauhaarige Dame treffen, die kein Wort von dem versteht, was wir sagen, die in einer fremden Sprache über uns lacht, uns aber Schlüssel reicht für unser eigenes Zimmer mit Aussicht aufs Meer, Vorhänge, die sich in der Wärme sanft bauschen, und mit einem großen weichen Bett, in dem du einschläfst, den Kopf an meiner Schulter, während ich, den Blick starr an die Decke gerichtet, daliege, dich ruhig und voll Vertrauen atmen höre, und ich rieche an deinen Haaren, rieche an deinem Nacken, küsse deine Augenbrauen, ehe ich in einer Nacht einschlafe, die uns in einen neuen Tag führt, wo wir von neuen Geräuschen aufwachen, neuen Gerüchen und Geschichten, die allein die unseren sein sollen.

Angst. Du hättest mich jetzt sehen sollen, Miriam. Ich habe Angst. Du hättest sehen sollen, wie ich mich sehne, und du hättest sehen sollen, welche Angst ich vor dieser Sehnsucht habe, welche Angst ich habe, weil es immer genauso sein wird wie jetzt – wenn gar nichts mehr irgendetwas bedeutet. Ich habe Angst.

Und ich habe Angst vor dem Gesicht.

Dem Film, den ich immer und immer und immer wieder sehen werde.

Aber, in diesem Wort – Angst – gibt es noch etwas anderes, glaube ich. Etwas, das weiterwachsen kann, das das ganze Wort in Fetzen reißen kann, in unzusammenhängende Buchstaben, in einen Ton, den ich nicht verstehe. Erst wenn ich ihn kennen gelernt habe, wird es mein Ton werden, der mir Sicherheit gibt – und mit dem ich vielleicht werde leben können.